全民微阅读系列

像夜莺一样飞翔

吴明华 著

江西高校出版社

图书在版编目(CIP)数据

像夜莺一样飞翔/吴明华著. —南昌:江西高校出版社,2017.9(2020.2重印)

(全民微阅读系列)

ISBN 978-7-5493-6071-0

Ⅰ.①像… Ⅱ.①吴… Ⅲ.①小小说—小说集—中国—当代 Ⅳ.①I247.82

中国版本图书馆 CIP 数据核字(2017)第 225552 号

出版发行	江西高校出版社
社　　址	江西省南昌市洪都北大道96号
总编室电话	(0791)88504319
销售电话	(0791)88592590
网　　址	www.juacp.com
印　　刷	永清县晔盛亚胶印有限公司
经　　销	全国新华书店
开　　本	700mm×1000mm 1/16
印　　张	13.5
字　　数	180千字
版　　次	2017年10月第1版 2020年2月第2次印刷
书　　号	ISBN 978-7-5493-6071-0
定　　价	36.00元

赣版权登字 -07-2017-1176

版权所有　侵权必究

图书若有印装问题,请随时向本社印制部(0791-88513257)退换

目录 / CONTENTS

我的风景　　/001

邋遢嫂　　/004

放电影　　/007

我爱李小阳　　/009

回家的人　　/013

刺十字绣的女人　　/016

等你回家　　/020

过客　/023

火焰上的蝴蝶　　/026

豌豆花　　/030

你是牛粪我是花　　/032

魂断梧桐　　/035

秀莲子　　/037

今晚，没有月亮　　/040

红房子　　/043

歌者　/046

杂交牛　　/051

喊山　　/054

抢劫　/057

像夜莺一样飞翔　　/061

女儿的质问　　　/064

与桃色无关的新闻　　　/066

永远的雪儿　　　/069

谎言　　　/073

刘金财回家　　　/075

类似情书　　　/077

夜色凄迷　　　/080

梦寻小妹　　　/083

纸鞋　　　/085

云雾天使　　　/088

刀削面　　　/090

小桥　　　/092

丙牯大叔　　　/095

为年痴狂　　　/099

照鱼　　　/101

有福　　　/105

乖女　　　/109

家有女儿苗成长　　　/112

重要一课　　　/115

漂亮的跟斗　　　/117

女儿　　/119

年糕　　/121

离乡　　/123

喊魂　　/126

好运来　　/130

从隧洞里飘出来的歌声　　/133

那年我十六岁　　/137

又见那片山林　　/139

窑背上的守望　　/142

白花　白花　　/147

小乡长　　/152

评低保　　/157

黑血　　/160

人祸　　/163

小阳公之死　　/166

驼背村主任　　/168

刘大脑袋　　/171

老朱　　/174

春寒　　/176

消失的纪念碑　　/177

摖荒地　　/179

家殇　　/181

小镇上的巫老板　　/184

送瘟神　　/187

九叔·狗　　/190

我会关照你　　/192

王保长　　/195

狂犬　　/196

黑瞎子遇险记　　/199

红叶铺满小路　　/202

光屁股　　/204

老爸和那条路　　/205

我的风景

老爸个子不高,宝狗个子也不高;老妈嘴唇厚,宝狗嘴唇也厚。不知为什么,父母的短处都在宝狗身上得到了淋漓尽致的体现。但宝狗不生爸妈的气,反而很自豪,宝狗觉得自己"很正宗"!

但昙花不这样认为,在花光了宝狗身上的钱之后,就撇着樱桃小嘴说:"都快矮成武大郎了,还正宗!"

结果,昙花不同宝狗好了。

宝狗不气馁,宝狗今年才二十六岁,有的是力气,工地上两个人抬不起的大转盘,宝狗一掳就上了肩,再砰的一声往车斗上一扔,干净利索。撂在一旁的司机傻了眼,来工地送饭的春花看了就咯咯地笑,老板当即竖起大拇哥赞叹:"宝狗呱呱叫!"

和砂浆,宝狗能一顶俩。后来,老板给宝狗加工资了。

宝狗耐劳,饭量也大,别人吃两碗,他要吃五碗。春花又笑,嗔了宝狗一眼:"牢里放出来的样。"末了,又心疼地说:"你就不能少吃一碗吗?撑坏了胃可有你受的了!"

但宝狗照样死吃死做,一高兴,还吼着劳动的号子,在工地上,哪里有宝狗,哪里就有热火朝天的场面。老板特别赏识宝狗,还带宝狗下馆子。

在馆子里,宝狗认识了樱花。樱花脸白白的,马尾辫长长的,一声柔柔的阿哥叫得宝狗的硬骨头都酥了。

后来,宝狗就常常一个人去馆子里,午饭也不在工地上吃了。春花不见宝狗,不知怎么的,就一副病恹恹的样子。宝狗觉得春花送来的饭好吃,但没有酒。馆子里有酒,还有樱花那柔柔的阿哥声。

樱花说:"阿哥,我不在馆子里上班了,你还会来吗?"

"不来。"

樱花说:"阿哥,恐怕你再也见不到我了。"

"为什么?"

樱花说:"我要回家跟人成婚去了,爸爸欠了别人的钱。"

"你喜欢那个人吗?"

樱花的眼里顷刻有了泪:"不喜欢,我喜欢阿哥。"

"我给你钱就是了,把欠别人的钱还了吧!"

然而有一天,当宝狗正做着春梦的时候,樱花攥着宝狗给的血汗钱在馆子里消失了。

没了樱花的缠绵,宝狗又开始在工地上吃午饭。

但春花不给他吃,春花说:"你到馆子里吃去吧,馆子里的饭香啊!"

宝狗看了一眼胖胖的春花,木讷地说:"不香。"

春花一捂嘴,就笑了。

这一夜,宝狗失眠了,工棚里的竹架子床就嘎嘎地响。

第二天,十二点钟的时候,春花又准时出现在工地上。工友们放下手中的活,开饭了。宝狗低着头最后一个在春花的手上领了快餐,就有滋有味地吃了起来,不想,在快吃完的时候,竟露出了一个金黄黄的荷包蛋。宝狗笑了,厚厚的嘴唇就在风中快乐地颤了起来。

这一年的夏天,胖胖的春花终于捕获了宝狗这颗躁动的心。

春花跟宝狗同住一个村,同时在老板那里获得了一份来之不易的活儿,宝狗扎钢筋,春花就给工友们做饭。春花的饭做得可口,宝狗扎钢筋的活也干得特别到位,年底的时候,老板给他们发了奖金。

宝狗用奖金特意给春花买了件天鹅绒的裙子,他要把春花打扮得跟城里的妞儿一样漂漂亮亮。

这一天,春花幸福地穿上宝狗给他买的裙子,高高兴兴地蹲在码头上洗衣服,朝霞映红了天边,也映红了春花,淙淙的河水快乐地从春花的身边流过。

宝狗站在桥上痴迷地看着春花,犹如在欣赏着一幅画,春花一边搓衣服,一边朝宝狗笑。

这时,二猫子过来了。二猫子好吃懒做,都三十多岁了,还没娶上婆娘。穿了新裙子的春花今天非常漂亮,二猫子东站站,西逛逛,在转换了几个角度之后,就在春花的斜对面蹲下身去。

二猫子垂涎欲滴。

宝狗看到二猫子那副眼勾勾的样子,好生奇怪,于是也学着二猫子在春花的斜对面蹲下来。不料,抬眼一瞧就看到了春花那裙子里面的风景。

这是我的风景啊!宝狗火了,一掌推去,扑通一声,二猫子掉进了河里。

邋遢嫂

　　邋遢是我的堂嫂，也就是说堂哥娶了个邋遢的女人。其实堂嫂有个很好听的名字，叫财凤。那年，一只为了能谋得一口饭吃的"凤凰"飞到我们村里来演戏，描了红搽了彩的财凤站在台上又是扭啊又是唱的，把情窦初开的堂哥迷得目瞪口呆，当谢幕员最后说"乡亲们再见"的时候，堂哥还久久地傻在座位上不肯离去。

　　从此缘分注定，当娶亲的喇叭把堂嫂娶进门的时候，笑得嘴巴快跟耳朵做伴的堂哥便开始了他的幸福生活。

　　可是，当结婚上了床之后，才知道成亲第一夜的堂嫂黏黏糊糊的连澡也没洗呢！

　　堂嫂就抛起一个媚眼："咋啦？我们游街串巷的唱戏人，不洗澡是常有的事，看不惯啊？"

　　堂哥兑现了给堂嫂的承诺，于是村东头从此有了一座小卖部，堂嫂就一下子从糠箩中跳进了米缸里，做起了老板娘。小店虽小，但糖酒油盐酱醋茶样样不缺。日出日落，夫妻俩一个主里一个主外，小日子过得和和美美。

　　几年过后，由于生意人免不了会使些伎俩，店里便日益冷清。因为有人亲眼看见堂嫂的鼻涕"咚"的一声跌入酒坛。

　　堂哥就骂她。

　　没想到堂嫂还当众振振有词地说："冷水洗卵越洗越短也不

是我的错啊,我掉鼻涕入坛那是不小心,比你夜里在酒里兑水好多啦!"说着还笑了起来。

一语道破机关,听者就很愤怒,当众就有人发誓不再进这扇门了!

也许是命,命中注定堂嫂不能做一辈子的老板娘,就跟不远千里的财凤飞到我们村注定要跟堂哥配成双一样。当堂哥骂堂嫂邋遢婆的时候,堂嫂已经是两个娃的娘了,蹉跎岁月给她的脸上留下了抹不去的印痕。小店关门后,堂嫂一边乳着孩子一边赤手赤脚地跟随堂哥在地里刨食,蓬头垢面,脏手脏脚是常有的事。夜里,孩子咬着她的乳头,而堂嫂则在堂哥的折腾下呼呼地入睡了。

"死人!"堂哥不满地骂道。

骂过后,堂哥想起了金枝。金枝是我们村里的第一棵小白菜,白白嫩嫩的,如果男人用手一掐,似乎就能掐出水来,这与她在城里做服务生和吃得好有关系。

看到从村里跟金枝一起出去的娘们滋润得有模有样的,堂哥也想叫金枝把堂嫂带出去。那是个午后,日头依然烤着村里的动物植物,橄榄树上的知了大叫着"热死了热死了",堂嫂就坐在门槛上敞开衣襟喂孩子奶。

金枝看见堂嫂那双大大圆圆的奶子就说:"可以。"

可宝香妹子却打岔地说:"我们去不就得了,你还邀她去干吗呀?财凤嫂三天两头,脸都不洗呢!"

的确,堂嫂在地里头忙起来就没完没了,有时忘记了洗脸洗澡那是事实。

这时,堂嫂并不生气,还强词夺理地对她们扬着大扁脸:"你天天洗也是这样,也没见有谁请你去教书啊!"

婆娘妹子们笑得前仰后合。其中笑得最欢的就是金枝了,她说:"嫂子,你真逗!"

自然,堂嫂跟不了她们去城里,城里是尤物聚集的地方。多年的媳妇熬成婆,也把堂嫂熬成了一个侍弄庄稼的行家里手,可不知为什么,就是改不了那邋里邋遢的习惯。秋风掀起谷浪的时候,稻穗抽得最长,长势最好的就要数堂哥的那块地了。两个娃也被堂嫂侍养得胖胖的,聪明可爱。堂哥凭着敢给酒里兑水的智慧与胆量,不久就捞来了个村干部当,此时最不开心的就是堂嫂了!

堂嫂对回来过年的金枝说:"你堂哥夜里老是不回家,我们半年也没有那么两三回事。"说完,眼睛就滞滞地发呆。

"傻呀,嫂子!"金枝笑歪了嘴,笑歪了嘴的金枝说,"你就不能跟我们一样想通一点吗?"说完就伏在堂嫂的耳边嘀咕了一阵,接着便"哈哈"地怪笑起来。

陡听这怪笑声,堂嫂的脸皮像被刀子割开了一个大大的口子,如果地上有洞,我想,堂嫂是一定会立马钻进去的。

不知金枝跟堂嫂耳语了什么。

从此堂嫂有啥心里话再也不愿跟金枝说了。每逢过年过节的时候,人们都能看见时髦的金枝从小车里下来,高跟鞋响亮地敲打着回家的路面。这时,便有一伙人簇拥了过去。堂嫂只是远远地看了一眼,就默默地下地去侍弄她的庄稼去了。

放电影

当柳村驶进一辆小车的时候,人们就知道是紫苏回娘家来了。车门一开,总有那么一伙人簇拥上去,也有人远远地看着,眼睛里浸满羡慕。

每次,紫苏回到家乡,都要朝山脚下的老槐树下望一望,或者走过去默默地想她的心事。此时,寒风凌厉,老槐树正在掉叶子,乌鸦就在树冠上"呱呱"地盘旋。紫苏顿了顿,拢了拢衣领,不禁叹了一口气,就在亲人的欢呼声中向家走去。后面跟着她的男人,是个秃头,他手里提着贵重礼品,脸上喜滋滋的。

紫苏回城后,木子却来到柳村。柳村坐落在麻麻岭的怀抱中,一条三米宽的出山路,像丝带一样,在雾霭中漂来荡去。

木子隔不了多久就会带着他放电影的工具来这里光顾一次。木子和紫苏一样喜欢看电影,老槐树下留下过他们许多缠绵且心跳的时刻。但现在物是人非,紫苏嫁进了城里,木子却疯了。疯了的木子就干起了放电影这一行当。每一次木子的到来,柳村都会引起不小的躁动。木子把放电影的架势在老槐树底下一拉开,倏地就会招来一大群观众,剧情演得有鼻子有眼,引得柳村人又说又笑又骂,老槐树下乱成了一锅糯米粥。

每次木子把脏不拉几的幕布挂起来后,都要等很久。只见他左顾右盼,清楚内情的知道他是在等人。可是,每次都令他失望。于是只有开演了。

第一场,是《早晨的战斗》。战斗由木子一个人打响,木子把一只瓜皮帽往头上一戴,就叽里呱啦地说开了。他说:"黄鼠狼给鸡拜年不安好心哩!你村主任一早来我家干什么?滚吧……打死你,打死你!"接着,木子就把瓜皮帽往地上一甩,拿了一根棍子就狠狠地砸在帽子上。

"这就是早晨的战斗?"人们不乐意了,就说,"木子,来个新鲜的,来个新鲜的。"

于是,木子就演《梁山伯与祝英台》。这次,木子躲在了幕后,咿咿呀呀地唱,嘻嘻哈哈地笑,整幕戏演成了话外音。

观众不过瘾,就高声嚷道:"木子你没脸见人了吗?出来!出来!"

木子拗不过,就从幕后钻了出来,只见他泪水涟涟,泣不成声。

有人不解:"木子,你唱得好好的,干吗哭?鬼捉你了?"

木子止住哭,却突然露出肚腩,啪啪地击打起来。

众人先是一怔,过后就哄堂大笑。

也有人沉重地摇摇头,说:"癫得没救了!"

碰到这种场景,柳村总是热闹的。但在老槐树下也有真正放电影的时候,那是放映队下乡放映,人们一直会兴奋到半夜,说:"比木子的假电影好看多了!"

柳村唯有村主任从不去老槐树下凑热闹。木子会自编自演,还把村主任演成坏蛋。过后,人们就背地里笑村主任:"打死你,打死你。"说的人和笑的人似乎都非常解气。村主任恨木子,还掀过木子的场子。

但木子依然来。

记得那是个槐树开花的季节,木子又在老槐树下摆好"机器"要放电影了。突然一阵风刮来,一片黑压压的狗屎云就布在了柳村的上空。风一掀,木子的幕布就凌空而起,接着电闪雷鸣,栗子大的雹子当头砸来。

人们抱着头纷纷四处躲藏。唯有木子忘了危险,还一股脑儿地去追他的幕布,幕布飞一程,木子就追一程。结果,木子就活活地被雹子砸死在麻麻岭了。

木子死了,从此,柳村少了有木子的风景。

只是,紫苏再次回到家乡的时候,人们能看到她总是默默地在老槐树下流泪,一站就很久很久……

我爱李小阳

说实话,我非常迷恋李小阳的身体,以前是,现在还是。尽管李小阳对我提出离婚的要求不下十次,还处处找我的茬,就是鸡蛋里挑骨头的那种,但我就是不能答应她。没有她,我会吃不香,更睡不着,甚至没病都觉得有病,所以,我的生命中不能没有她。

其实,李小阳已年近四十岁,眼角的鱼尾纹正悄悄地向后延伸,尤其是她从向我提出离婚的要求以来,常常彻夜难眠。都说女人是越睡越美,可李小阳不睡依然美,她的眉毛她的眼睛她的鼻子,还有樱桃小嘴,横看竖看、左看右看都那么顺眼,特别是当看到她款款地到来或者默默地离去的时候,我总会陶醉于她那种优雅的气质。

为了让李小阳死心塌地跟我过一辈子,在物质上,我全满

足她。

去年,李小阳不知怎么嗜上了吸烟,浑噩的日子,就在明明灭灭中度过。无聊的时候,李小阳就翘起嘴唇吐烟圈给我看。看到那缥缈的、翻滚着的烟雾,我突然发觉那就是世界上最美的画了。别人吸烟吸出了黄牙,而李小阳吸了那么多的烟,牙齿却出奇的白。后来,李小阳贪上了酒杯。喝白酒,一杯、两杯、三杯、四杯,醉了就在卫生间里哇哇乱吐。我看了心疼:宝贝,你就不能少喝一点吗?不想,李小阳却哈哈地大笑起来,这才叫醉生梦死,知道吗?

接着,李小阳迷上了打牌,天昏地暗地玩下来,夜里照样失眠。我嘱咐她,去看医生吧。于是,开了一大堆药品,一结账,一千九百八十八元!啊,是我一个月的薪水!但为了她,我不能心疼。

后来,李小阳说我玩累了,我想去工作,真的很想很想去工作。于是,我托熟人把她安排在博斯客上班。所谓上班也就是管管后勤,给当官的泡泡茶什么的,很清闲。博斯客是韩资企业,生产高档貂皮大衣。

一天,李小阳对我说,我也想拥有一件。我一听,顿时把嘴巴惊成了个O型,几万元啊,对于低层工薪的我来说是多么的难哦!但我没有拒绝李小阳,而是轻声细语地在她的耳旁吹着柔和的风,宝贝,等我年底的提成发下来的时候再买好吗?李小阳不信,我就说一定一定。

也许李小阳终究信不过我,就跟博斯客的科长套近乎了。科长是个半老头儿,秃头秃脑的,但很有钱。每当华灯初放的夜晚,我总是久久地在家门口向街角的转弯处翘盼,无助的我,常常在那里站成了一块望妻石。眼睛累了,脚站酸了,盼来的却是李小阳跟秃头在转角处的依依不舍。

那个晚上,我终于控制不了自己,跑上去把秃头打得满地找牙。

但我也受伤了。我一瘸一拐地回到家,不想,李小阳铁石心肠,还当着我的面对儿子说,好好念书,将来妈妈带你到韩国留学去! 天啊,秃头就是韩国人啊!

这一刻,我蓄积已久的泪水终于如黄河决堤样一泻千里,声嘶力竭地向李小阳怒吼了起来,我们一起生活了十几年,你就这样狠心吗?

李小阳不语。儿子说,傻啊老爸,你不觉得妈妈是故意这样做给你看的吗?

那是个午后,阳光斜进了房间,潇潇洒洒地照射在李小阳的身上,李小阳正梳着头,头发如黑色瀑布一样洒下来。李小阳把离婚的事又提到议程上来。我自然摇头。李小阳就说,你何苦呢? 提条件吧。

我的头突然一阵晕眩,一个趔趄,倒了下去。

在我醒来的时候,已经是第三天的事了,当看到满眼的白色,才知道自己的身体崩溃了。李小阳摸着我的脸又哭又笑,她说,我就知道你一定会坚强的,果真挺过来了!

三天来,李小阳憔悴了许多,眼睛布满了血丝。但李小阳说,你能够醒来,就很值了!

从此,李小阳不怕脏不怕累,有次居然把大大的煤气罐扛回了家。康复的日子是漫长的,医生说像我这种脑血栓病能够醒来已经是奇迹了。只是苦了李小阳。做饭拖地、买菜洗衣,还有我的饮食起居,哪一样不需要李小阳呢?

此地此景,我的前途一片渺茫,我不知道能否回到从前,或者再给李小阳擎起一片蓝天。这一夜,窗外寒风呼啸,雪花飘飘,李小阳紧紧地抱着我,喃喃的声音听起来是那样的坚决。她说,我就不信两个人的体温加起来扛不过冬天!

想起康复无期的自己,还有忙忙碌碌的李小阳,我最终咬了咬牙,把离婚协议书拿了出来,说,我已在上面签字了。

李小阳摇了摇头。

春天的时候,我的病情有了好转,花前月下,我能够被李小阳搀扶着慢慢行走,只要身体一接地气,一股久违的力量就从双腿滋生上来。

家里已经捉襟见肘了。李小阳开始找工作。

工作是美丽的,李小阳用自信打倒了一切阻碍生活的敌人,我再次被李小阳送进了医院,做最后的康复治疗。

天遂人愿,在鸟语花香的日子里,我们的生活又回到了正常的轨道。这天,我带着亲爱的李小阳来到了爱琴海。李小阳戴着一副宽墨镜,咸咸的海风吹拂着她的直发,裙角飞扬。面对一望无际的爱琴海,我们笑着从沙滩上走过。

从爱琴海回来,我们平静地走进了民政局。分手的时候,李小阳笑了笑,说,我只能陪你走到这了,你保重吧!后来,"的士"载着李小阳扬起一股尾烟在我的视线里消失了,我的眼前突然一片迷茫,望着李小阳离去的方向,我不禁大声喊叫起来:李小阳,我爱你!

回家的人

这是一辆开往扬州车牌尾数为 105 号的大巴,车很高大,分上下两层,茶色的玻璃上挂着帘子,深红色的外表给人一种雍容华贵的感觉。车厢里正放着《回家的人》,江涛那首抒情倾诉的歌,让人感觉回家是那样的美好。

黄就乘这辆车,无聊的寂寞长途使他斜躺在那里不停地拨弄着他的那款宽屏手机。他想给儿子发个信息,告诉他打工了一年的爸爸就要回来了,也许儿子正在补课呢,打扰了可不好!要不跟叶聊聊天吧?可是这几年来他发觉跟叶越来越没有什么话好说了。

"嘀嘀",提示音响起,是叶。

"老公,你到了哪里?你辛苦了!我刚买了乌鸡蛋,等你回来就好好给你补补。"

他自嘲地笑了一下,没有回复。

车徐徐地停了下来,窗外雪花飞舞,朔风漫卷,几个人跺跺脚上的泥水走上车来,前面的那个脱了鞋就在黄旁边的座位上坐了下来。

"你好!"她礼貌地对黄说,同时打开盖被摊在身上。

这是个风韵犹存的女人,黑色的直发下镶着一张白里透红的脸,美丽的下巴给人一种很得体的微笑。黄慌忙地欠起身子也向她点点头。

由此,他想起了叶。叶年轻的时候也很水灵,漂亮的脸蛋、窈窕的身材,常常使他情不自禁。

"把帘子打开一点好吗?"女人伸出戴着铂金镯子的手指指车窗说。

"好嘞。"于是,黄就哗地把帘子掀开了,透过结了冰的车窗隐约可以看见外面白茫茫一片,树叶正在寒风里晃个不停。

"谢谢!我喜欢看雪景,你呢?"女人侧着头问他,说时露出一排特白的牙齿。

"呵呵,我也是。"黄附和着。其实他算是大老粗一个,对景物并不敏感,作为一个而立之年的男人,喜欢的除了钱就是高质量的生活。但喜欢归喜欢,想要的并不是都能得到的东西,比如眼前这个女人……

"你是哪里人?"黄问。

"扬州人。哥,你呢?"

黄突然感觉到此女人很有一种亲和力。

"巧啦,我是沉州的,离扬州不远哩!"女人笑了,笑得无比灿烂。

他被她的笑感染了。叶也爱笑,笑时给人一种无忧无虑的感觉,但生活的压力已经使叶很少笑了。

"吃吗?"女人大方地拿出一包蛋黄派给他递去,"我也饿了。"

"谢谢!"说的时候,黄感觉到了一种久违了的温暖。

这时,黄的手机响了。

又是叶的:"老公,夜里要盖好被子啊,雪天里车上冷呢!"

"知道了!"黄没好声地回答。

"夫人打来的吧?"她小心翼翼地问。

"嗯。"黄有点不开心,因为叶。

"有个人牵挂真好!不像我……"女人伤感起来。

"你怎么啦?"他心头一紧。

于是女人就说……

这时夜幕垂空了,车厢里暗暗的,江涛的歌声还在萦绕,所有的悲愁往事都在这个下雪的夜里悄然开花,女人哭了。

"不哭。"他给她递纸巾。突然,女人一把抓住了他的手,默默的温情从指尖迅速地传遍了黄的全身。

"一到夜里我就怕,我怕啊……"女人还在细声地抽泣,黄没有挣开女人的手,而是把她攥得更紧了,仿佛如此这样才能更好地抚慰女人受伤的灵魂。

"谢谢你,哥……"女人喃喃地说,接着又把柔软的身体向他挪近了些。

黄的身子也凑了过来,一种久违的渴望迅速地胀满了全身,他终于闻到了女人的体香;接着黄解开了她的衣扣,勇敢的手就在女人的内衣里面慢慢探密。

"哥,轻点……"女人如水般的手也在黄的皮肤上滑来滑去。

渐渐地,夜已经深了,他睡了,睡得很甜,也很香。当黄天亮醒来的时候,女人不知什么时候下车了。

黄揉揉惺忪的眼睛,看着身旁空空如也的座位,一种失落之感重新前来。到站了,车站在一片忙碌的氛围中熙熙攘攘。这时,他才想起应该给儿子和叶买点什么,可是,一摸口袋却发现被人掏得什么也没有了!这是黄辛苦了一年的工资啊,可是现在连他一起迷失在昨天的夜里!

黄失魂落魄地走出站来,这时太阳已经透出云层给大地撒下万丈光芒,而他却丝毫感觉不到一丝温暖,倒是儿子眼尖拉着妈妈"爸爸爸爸"地叫着向他快步跑来。

叶今天很漂亮,脖子上系着紫色纱巾,一件得体的羽绒服衬托出了无限的典雅与端庄。

"你辛苦了!"叶说,接着就心疼地在黄的脸上抚摸起来。

黄张了张嘴,话哽咽在喉咙里什么也说不出,看看可爱的儿子和叶,泪水像风中的叶子在眼眶里不停地打转……

刺十字绣的女人

这是一个无耻的故事,在这里我能够赤裸裸地给你讲出来,是要足够的勇气的。

在我的一生中,至死也不会忘记两个地方。有一处已人去楼空,杂草遍地,廊檐下长满了青苔,蝈蝈在那里做窝,晚上,风穿过弄堂发出"呜呜"的声响,像一个少妇在伤心地哭泣。另一处是马园的一条街。当然,现在已经不是街了,因109国道改迁,很少有车子进来,人气少了,那些小贩也纷纷挪地。街道两旁大多数是两层高的楼房,而今蜘蛛在里面结网,有的店门还洞开着,在寒风瑟瑟的晚上,成了叫花子的栖身之处。

我有一个比我小十岁的妻子,不知为什么,我们年轻的时候经常吵架,而一到老了,却相安无事。我总是沉浸在往事当中,我定定地望着前方,良久良久。妻子问我,你看什么呢?前面什么也没有。

其实她不知道,有一个叫惠子的女人此时正在我的视线里做着麻利的手工活。

惠子的十字绣做得很好,穿针引线地能把大鹏展翅绣得活灵活现,特别是那些古代美女,惠子给她们的眼睛绣上灵性,用丝线给唇抹上口红,挂在墙上,人见人爱。

惠子不算美,但她的腰很好,遗憾的是,她总是把她的头发绞起来,在后脑上形成一坨,惠子的头发很滑,很长,若泼散开来,走在春风里一定会像杨柳摆枝那样风情万种。惠子长着一张扁平脸,但很有弹性。

那时,我刚从马园街上卖鸡回来,途中要经过山岗,再从惠子家门前的小溪穿插过去。惠子说:卖鸡的,过来,我要买鸡。

惠子的声音很好听,嗲嗲的。在很多个肃静的夜里,我的耳朵里时常响起这种声音,像一阵春风扑及全身。

我挑着我的鸡,当然美滋滋地走了过去。这时,我突然感到我的下身有点不适。后来,我才知道那时的不适,来自当天做的那场无耻之事。

那天,刚下过一场雨,马园街上行人寂寥,偶尔一辆车驶过,就会把黄泥汤高高地溅起来。我早早地收了摊,回家。在街转角的地方,我习惯性地朝那栋供销楼望去。其实这时的供销社已经解体,大大的一栋楼里空荡荡的,后来,租给了一个南方老板。

这是一栋不同寻常的楼,楼里设有餐厅、发廊、卡拉OK,还有一间一间的包厢,从包厢的窗台上偶尔会露出几个发型时髦的女人。那些窗户多半用绛色的帘子遮盖着,有几盆水仙在窗台上翠绿欲滴。

这栋楼后来被当地人称为凤凰楼。此楼就像一个大大的磁场吸引我的眼球,心想,在这些绛色的帘子后面会不会有心旌荡漾的风景呢?我摸了摸口袋,有点蠢蠢欲动。

事实证明，为了这个念头，我真的行动起来了。后来扪心自问，这要归功于我的妻子。一到晚上，年轻的妻子总是要把我推得远远的，她说我有一身老男人的气味。我说，莫不是你跟哪个老头亲近了，要不你怎么知道是老男人的气味呢？结果我们就吵了起来。所以，我们的感情很不好。

当这个念头产生的时候，我的身上像火烧似的燥热，一把火一把火地烧起来，结果把火箭推向了天空。

激情和钞票迅速消退之时，我身体里的五脏六腑也好像被掏空了，太阳很暖，一路上，我跌跌撞撞。突然，惠子在向我招手。

她在向我招手的时候，我又看见了她的笑脸，春意在她的脸上荡漾着，走近了，我才发现，惠子那一圈一圈的红晕里泊着许多的落寞。

从我干上贩鸡这门营生起，要经过惠子门前的次数很多，在冬日，我常看见惠子在暖阳里绣花绣草，曼妙的身姿使她沉浸在画里的鸟语花香之中。

惠子说，先喝杯茶吧，我给你放茶叶。惠子的茶是清泉水，很甜，非常解渴。

我说，你老公该回家了吧？

惠子的脸上闪过一丝忧郁，是啊，两年多了，该回来了。

接着，我们就闲聊起来，惠子一会儿哭一会儿笑。我的心情也随着一起一落。真是家家有本难念的经，想起妻子，我和惠子就有了一种同病相怜的感受。

惠子说她要买五只鸡，留着过年吃。我称好了斤两，惠子叫我跟她进屋子里取钱。

惠子的屋子很干净，墙上挂满了她绣的画。惠子说十字绣值钱，过了年就叫她哥拿去城里卖。我指着一幅美女图，调侃地对惠子说,她就像你。

　　惠子的脸上很快就升起了一片红霞,她看了我一眼,说,我真的有那么美吗?

　　我说有。惠子跨进她的房间去取钱。可好一会儿,左等右等也不见惠子出来。我走进去一看,惠子却正在傻傻地想心事!

　　这时,我看到了铺在她床上的鸳鸯被,鸳鸯在上面卿卿我我。我受了感染,突然就把美丽的惠子抱了起来。

　　惠子的泪从眼眶里滑下来,我仿佛一下子回到了二十岁,高山大海,勇敢地闯。

　　也不知过了多久,夕阳的一抹晚霞斜进了窗棂,我说,我得回去了。

　　惠子起身给我鸡钱。我不要。惠子坚持要给,她说,这怎么成呢?你也不容易哦!

　　我说,我们就这样两清不行吗?

　　惠子生气了,你把我当成什么人了?

　　太阳下山了,我从惠子的屋里退了出来,惠子也不送我,我回眸,仿佛看到一股凉意正侵袭着惠子。

　　不知为什么,惠子再也不理我了,她的老公也一直没有回来。第二年,惠子搬离了那栋屋子随哥进城去了,从此音信杳无。

　　惠子的离去,我很失落,在很长的一段时间里我非常想念惠子,特别是看到惠子住过的屋子孤零零地矗立在那里,耳边不禁又响起惠子的声音:卖鸡的,过来,我要买鸡……

　　后来一场风雨,惠子的那所住处轰然倒塌了,几个月后,目经之处荒草萋萋。

等你回家

你忍受不了暂时的贫困，在我再三劝说无果的情况下，你最终汇入了那股南下的打工潮。在晨曦的霞光里，我和孩子依偎在一起，目送着你像一片随风飘零的叶子走远。

当你背上行囊的那一刻，我便独自挑起了照顾孩子的重任，还得开垦大片大片的荒山，春夏秋冬，风里雨里……

这里是大山深处，多年来的滥砍乱伐，大山失去了郁葱，一条山路，像丝带一样在山中飘来荡去。久居山里的人厌烦了山里的寂寥与贫乏，陆续有迁居的鞭炮声响起。望着逐渐失去人气的大山，在很长的一段时间里，我久久地望着青山发呆。

妞妞从小爱哭。但从你走后，妞妞却很少哭了。每天放学回来，青草坡上就会出现他们的身影。在绚丽的晚霞里，黄牛安静地吃草，俩孩子在草地上翻滚。日落衔山，牛载着弟弟，妞妞牵着牛，人和牛成了一幅极美的图画。

每当我看到这幅图画，身为女人的我，身体里就会涌起一股像男人一样的干劲。终于，在一个春暖花开的季节，我招聘了一批劳力荷着锄头爬上了山岗，荒山和我们融为一体。

说实话，我不是一个尽职的母亲。妞妞在学校受了委屈回来，就会蹭着我的裤腿，凄凄地说，妈，我想爸爸。我告诉孩子，爸爸不久就会回来的。接着，我就把那刚栽下的油茶树指给她看。

晚上，妞妞老蹬被子。接着，妞妞就病了。妞妞一病就发烧，很烫很烫。

夏夜,在蛙声如潮的氛围里,我抱着我的希望在野草疯长的山间急走,一只萤火虫在我们的前方忽闪忽闪地掌灯。这时,妞妞不适地扭了扭身体。我告诉她,我们必须尽快赶到医疗部去。妞妞说,我怕……我安慰她,有妈妈哩!要不我们一起唱首歌好吗?就唱"小兔子乖乖"……

妞妞要上中学了。

中学在镇上,十八里山路,碰上暴雨来临,就阴天蔽日,且林子里时有野兽出没。

我很担心。

可妞妞小辫子一甩,妈,我都十二岁啦!

东边刚泛鱼肚白的时候,我们早早地起床了,我做饭,而妞妞就准备上学的东西,守门狗摇着尾巴不停地跟着妞妞。

锅一热,要煮荷包蛋了。饭里埋两个圆圆的荷包蛋,再放入一根嫩葱。孩子第一天上学是一定要吃的,这是乡俗。弟弟眼勾勾地看着锅里,说,我也要吃!妞妞说,妈也做一碗吃吧,你种了那么多油茶树,辛苦了!我笑了,你们吃了就当我吃了呀。接着,俩孩子就坚决反对,那不行那不行!

吃过饭,儿子径直上村小去了。因为路远,要寄宿,我帮妞妞挑上被子带上米,送妞妞上学。妞妞走在前面,一路上蹦蹦跳跳。

爬岭了,层层叠叠的基石沿山而上,路上树木成荫,林鸟啁啾,一股薄纱般的雾气在林子氤氲,扁担在我的肩上"咿呀咿呀"地唱着歌。

下山来,眼前豁然开阔,一股喧嚣的声音汇入耳膜,我们可以看见大马路上来回奔跑的汽车。

来到学校,离别的时刻马上就要到了,叽叽喳喳了一上午的妞妞反而沉默了。

山茶油榨完的时候,山里进入了冬季,朔风一刮,屋前沟后的油茶树都结了冰凌。妞妞呵着通红的双手,又将去爬那通往学校的十八里山路。

而我却在小店里的牌桌上做着垂死挣扎。这个季节,我也不知道怎么就迷失了自己。

突然有人说,你女儿来了。我一抬头,就看见满眼浸着幽怨的妞妞。妞妞不说话,怄气地走出门去。我尴尬地笑了笑,这时我才想起,这个星期的零花钱还没给呢。于是我丢下牌忙追了出去。

在泥泞的小路上,妞妞跟跟跄跄地跑了起来,盛着干菜的瓶子就在她的背包里咣当作响,我"妞妞、妞妞"地喊着,妞妞却不肯回头,还越跑越快,泥水在脚下飞溅。

后来,妞妞扑通一声,跌倒了。我抱起泪流满面的妞妞,深深地陷入了自责之中。

你为什么要这样啊,妈!

天上下起了雪花,大朵大朵的,风和着妞妞的哭声在呜咽。我好后悔,第一次在妞妞的面前低下了头。

要过年了,今年与往年不同。由于油茶林的开采,沉睡了多年的大山热闹起来了,时而有农富小卡车从山腰上驶过。

山里的年味来得早。腊月二十刚过,就有人在忙着打年糕,上下飞舞的棒槌砸起来,把糯米饭打得非常筋道,再用一个雕有福字的印子一压,圆圆的年糕从印子里滚出来,像极了一张张弥勒佛的笑脸。

那天,我们打完年糕,就把鹅杀了。一早一晚,儿子把鹅牧得又肥又大。开了膛,再搓上盐巴,挂在太阳底下晒,第三天就流油了。傍晚,儿子把腊鹅摘下来,凑到鼻子边嗅嗅,馋得我们同时咽口水,香哦!

更值得高兴的是你要回来了。

为了迎接你的回家,我和弟弟早早地把头发洗了,还把弟弟的鼻孔抠得干干净净,妞妞特意穿上了那件平时不舍得穿的碎花小棉袄。

太阳偏西的时候,我们仨就喜滋滋地走出了村口。

油茶树开花了,晚风一吹,枝叶招展,阵阵花香沁人心扉,我们走了一程又一程,望穿秋水的三双眼睛就一路盼去。

终于,在山转角的那个地方我们看见了一个身穿褐色夹克的男人从山梁上下来。这一刹那,我们几乎同时惊叫,妞妞和儿子"爸爸爸爸"地喊着,像小鸟一样飞了过去。

而我,心中总是那样地充满期待:老公,在家有奔头哩,以后不用再出去打工了!

过　客

当他把卡插进锁缝里的时候,他的心再次骚动起来,心想,马上就要见到琴了!

认识琴,是在QQ里,多少天来,他们无所不聊。而今天就要见面了,他的心便紧张起来。走进房间,打开空调,暖意便在小小的空间里荡漾,他脱了外衣,更显得英姿潇洒。

手机响了。是琴。

由于兴奋,他在地毯上蹦了一下,习惯性地理理头发,同时把电视机的声音关了,静而不安地等待着琴的到来。

　　咚,当门响一下的时候,他就慌忙地把门拉开了。

　　冷吗？琴此时的问候比他快了半拍。顷刻间的木讷,使他只看见琴的两只脚像跳踏踏舞似的在门外地板上拖着鞋底上的泥水,再次进入他眼帘的,就是那个宽大且镶着白白牙齿的嘴巴了。

　　哦,快进来。他招呼着。但那宽大的嘴巴总好像在眼前晃动,心想:这就是心目中的琴吗？

　　走进房间,琴就把红色小坤包朝床上一扔,一屁股坐在了沙发上。

　　同时,他也坐在她旁边。

　　还是琴打破了沉默:怎么样？说着微微地把脸昂了昂。

　　哦,你的皮肤很好。

　　当然啦,天生的！琴好轻松,她把一只穿着黑色矮筒靴的脚架在另一条腿上,还像踩了节奏似的晃动起来。

　　这时,他才想起了应该给琴倒一杯茶。接着也给自己倒了一杯。看着眼前那晃动着的腿,心想:这两条腿也并不修长啊！你这羽绒服好漂亮。他没话找话。

　　当然啦,可是冷天穿得圆圆的有啥好嘛,好身材显示不出美来呢！琴自信地说,说时又看看旁边那个圆圆的桌面。上面除了一个圆圆的茶壶,什么也没有。

　　于是,他匆匆地出去买了香蕉、橘子回来,还有阿里山瓜子。当他从洗手间出来的时候,就看见琴在毫不客气地剥着香蕉皮。

　　香蕉吃了好,能美容。琴边吃边说道。

　　呵呵,是吗？他笑笑。他不觉得,香蕉口感好,通大便倒是很不错的。但他没说。

好多人喜欢我啦,琴自豪地告诉他,都是老板和当官的。那天一个乡长来看我,还要留我过夜。她一边吃着香蕉,一边在津津乐道,丝毫没有注意到他这时正沉默不语。

他看了看手机,五点了。

我们去吃饭吧?他建议。

吃那么早干啥呀?琴吃了几个香蕉后,又剥开了一个黄灿灿的橘子,快言快语:其实,上次你猜对了,我真的和男朋友分手了。他长得蛮帅的,可是赚不到钱,做大生意是骗人的。并舔舔嘴,似有不屑。她又说,你说,能赚钱都要靠方法的,对吧?

他点点头,附和着:像你,做个白领,轻松又有钱。

哪里呀,主要是要学会同男人应酬,不过我很自信!说着,琴将了将金色的头发。

他听了她上面的那番话,不知怎么,心里很不是滋味,失望的感觉就像潮水般涌来。渐渐地,天暗了下来。他把窗户关严了,不客气地说:我想休息!

这时,琴便走过去拨床头的电话。他无表情地看了她一眼,懒慵慵地闭着眼睛,听见她在说:宾馆里的电话不打白不打哩!

于是就对电话的那一边说开了:出来吃饭吧,我们姐妹俩好好聚聚,我还欠你的人情哩,等下还有个男的也会来哦!接着又拨,喂……长长的尾音,以前他就是被这种声音所倾倒的,在干什么啦?吃了吗?没有?跟我们一起吃算了,今晚我们就好好地大吃一顿哦!

她没完没了,又拨。

他转过一个身,懒懒地说:你去吃吧,我就不陪你了!

啊?琴的眼睛睁得大大的,你不是说过要请我吃鸭子吃鱼头吗?

是吗？他支吾着。想起她叫那么多人来吃大户的样子，心里就气不打一处来：但我现在不想吃，只想一个人好好地静一静。

琴突然就愤怒了。

而他却不温不火，只是不屑地看着她。

琴终究是没敌过他那轻蔑的眼神。

当琴默默地拿起小坤包出了房门，并在茫茫的夜色中逐渐消失的时候，他却由于疲惫迅速地进入了梦乡。

梦中，他再也没有见到琴。

火焰上的蝴蝶

天亮的时候，老省终于回到了老庄。

老庄在群山的怀抱中，小小的，放个屁，似乎都能惊动一河两岸。樟树下的狗远远地朝他吠着，待近了，看清是老省，就立马把头低下来，频频地摇尾巴。

自从打工潮在某一天兴起，老庄的青壮年男人该走的都走了，鸡鸣狗叫填充不了村庄的空旷，女人从此掉进了寂寞的深渊。对于老省的回归，村人们无不拍手称欢。

花嫂扛了锄头正要下地，这时，遇上了老省。花嫂大胆地把目光落在他的身上，看见老省依旧背着他那只褪了色的帆布包，一脸的失落，花嫂的心里就想笑。

老省今年三十八岁了，老婆都不知道在哪，他爹死的时候一直不肯闭眼。老省觉得自己有罪。老省咬咬牙，决定出门去搏一把。可是,老省是个闷葫芦,不吃饭不开口,加上那一身土气,走到哪土到哪,年轻的女人从不正眼瞧他。老省没辙,只有回老庄。

老省有句口头禅:你就省省心吧。"省省心"多了,花嫂觉得把他叫成老省再合适不过了。于是,大人小孩都这样叫他老省,老省不生气,好像还很受用似的。

老省粗手大脚的,和花嫂有得一拼。他的额头上长着一颗痣,很醒目。他大声说话的时候,两条眉毛就飞舞起来,痣在中间凸显,极像双龙戏珠。花婶常盯着他的那颗痣看,看着看着,大嘴一抿,就偷偷地笑了。

老省不知道她笑什么,夜里他常常想起花婶那莫名其妙的笑,下身就火烧火燎的。

花嫂的全身都要用大来概括。大大的屁股,大大的胸脯,就连脚板也是大大的。花嫂走路,步子咚咚地响,往往脚没进门,胸脯却先进了门。

花嫂的能干在老庄是数一数二的。有一年,天降大雪,货车进不了山,老庄便民店里的盐断货了。花嫂闲得发慌,嚷着要去当挑夫。月生挑八十斤,花嫂却要挑八十公斤。走到蛤蟆岩的地方,月生脚下一闪,连人带担滚了下去。月生在岩下哭啊叫啊就是上不来。花嫂哗地跳下,把月生像一段木头似的扛在肩上,十几步就攀上了岩。月生天生个子小,精瘦精瘦的。他常说跟花嫂睡觉就是受罪,早晨起床的时候总嚷嚷着腰疼。嚷多了,花嫂就呸他,说:你是男人吗?

今年初,月生铁了心要出门去打工,花嫂一追就是八里山路,望着绝尘而去的汽车,花嫂跺着脚,哇哇地大哭:谢月生,你这缩头乌龟,有本事你就不要回来!

而今老省回来了,月生就说他不想回来了。想起这些,花嫂的脸就阴阴的。

自从爹两脚一蹬,老省就一人吃饱全家不饿。他有的是力气,也乐意助人。秋收的那些天,老省几乎每天都在帮村人背谷子。还给五奶奶晒好收好,扛到粮仓上去。

收割机开走后,留下了一大片的稻茬,花嫂背着谷子走到老省的身边,哗地故意把谷子从肩上滑下来。老省见她累得像狗,当下顾不了许多,就说:你就省省心吧!于是,把谷子往肩上一甩,帮花嫂背回家。看到老省老实的背影,花嫂一捂嘴就笑了。

几场风过后,冬天说来就来了。闲冬的夜晚既漫长又寂寞。

吃过晚饭,老省东走走,西站站。突然,他看见樟树下一口废锅,锅无底。老省闲得无聊,就捡来几口土砖,把没底的锅搁上,塞进一把枯草,填上柴,点燃。

火在锅中发出毕剥的响声,越烧越旺。火光映红了老省的脸,温暖在他的周围肆意蔓延。面对着火苗,老省傻乎乎地笑了,觉得这样很有趣。

不一会儿,锅的四周围满了人。他们伸着手烤火,嘻嘻哈哈,谈天说地。

第二天,天还没黑尽,就有孩子拉着老省去点火。孩子说,我们老早就在锅里填满了柴火。

老省擦着火柴,小心翼翼地伸进锅里,烟就歪歪扭扭地冒出来。人们全神贯注地看着这锅烟火,大人的心悬着,仿佛为它捏着一把汗,孩子的心是急切的。渐渐地,烟越来越浓,突然呼的一声,火苗蹿了起来,顷刻,照亮了老庄的夜。

人们欢呼。花嫂从衣兜里依次抓出几把瓜子,分给大家。人们剥着瓜子,说笑声在老庄的夜里传得很远很远。

风开始起劲地吹,夜走进了深处,孩子东倒西歪了。老人说,去睡吧。于是人们陆续地散去。

可不知为什么,花嫂却不走,老省也不走。

老省明明灭灭地吸着烟,不动声色地给锅里添柴。柴在锅里被火咬着,花嫂看看老省,又看看火。

老省的气息越来越不畅快。突然,他把烟头往火里一掷,就把花嫂拥了过来。他们就这样纠缠着,慢慢地朝不远处的草垛移去。

草垛在寂静中抖动起来。

第三天,孩子又过来问老省,今晚还烧锅吗?

老省说,还烧。

可是,第四天,更大的火光映亮了老庄的夜空。

六爷睡到半夜的时候,不慎踢翻了烘床的火笼,一沾火星,屋子着火了。很快,火焰冲到了半空。人们喊啊叫啊,一片混乱。

为了不让火势蔓延,老省忙上房断梁揭瓦。花嫂说,你一个人能干得了什么呢。于是顾不了那么多就上去帮他。

可是,人少力薄,火越烧越大,轰的一声,花嫂、老省倒在了火海之中。

老人小孩们望着这片火海,无助地大哭声。突然,有人看见火焰的上方像有两只蝴蝶样的东西在翩翩地飞了起来,慢慢地,飞向了很远很远的天空。

豌豆花

豌豆花

点点蓝

做个媳妇好为难……

这歌谣凄楚,但也很美。留子媳妇桂花最喜欢哼,哼的时候眼睛总是看着遥远的南方,似乎那里有股诱惑的力量在牵引着她的心。

正是四月,微微的轻风在湿润的空气中荡漾,一丛丛的豌豆苗正值开花结果,嗡嗡叫的蜜蜂在浅蓝色的花卉中飞来飞去,采集着甜蜜与芬芳。此时,留子正在豆苗地里锄草,桂花就坐在对面的桥上,怀里乳着个孩子,忧郁的歌声就从她那甜美的小口中飘散出来。留子抹了一把汗,悄悄地潜到桂花的身后,幸福地在媳妇的腰肢上捏上一把,惹得桂花开心地笑了起来。

"你为难什么呀?下辈子的福都要被你享去了!"的确,打桂花过门后就从来没有做过丁点儿的农活,天天打扮得花枝招展不说,餐餐吃鱼吃肉的被留子侍候得又白又胖。

"心里高兴,唱着玩呗!"桂花电了留子一眼说道,"你不喜欢我享福啊?"

"喜欢,喜欢。"留子忙不迭地答。

"豌豆花,点点蓝……"又在桥上飘开了。

知妻莫如夫。其实,桂花很是向往城市里的生活,看到姐妹们都南下打工,心里头早痒痒的了,无奈缠上个吃奶的孩子,尽管留子对媳妇百依百顺,但她还是整天在这里唱着"豌豆花"。

光阴流逝,第二年的豌豆花又开了。桂花一如既往地唱着那首歌谣,只是银铃般的笑声很少从她心中飘散出来。看着媳妇日益阴郁的脸,留子心疼不已,终于在一天夜里,他把长满胡子的嘴凑到桂花的耳边:"花,你还是去吧。"

"你答应啦?"桂花惊喜,于是回报给丈夫一个醉心的吻。

当天边露出鱼肚白的时候,留子把桂花送到了车站。她同众多的姐妹一样,也是去那里淘金的。

从此,留子又回到了过去的光棍生活,所不同的是,可以整夜把桂花睡过的枕头紧紧地搂在怀里,嘴里痴痴迷迷地念着:"花,花……"

到了落果的季节,留子一边想着桂花,一边忙碌地摘着豌豆,孩子就脏手脏脚地在地里乱爬,那双跟桂花一模一样的丹凤眼在旷野中东张西望。

这一年,桂花没有回来。尽管留子很累也很想念桂花,但他还是在电话里告诉媳妇:"孩子很乖,家中的收入也不错。"

日出日落,周而复始,今年的豌豆花又开了。由于风雨失调,豆苗得了根腐病,大片大片的绿苗烂在地里。留子从天亮忙到天黑,打药施肥,清沟排水,人累得瘦了一圈。孩子依旧跟着他在地里乱滚,饿了就顺手扯根豆苗往嘴里塞。此时,留子是多么希望桂花能请个假回来帮自己一把啊!

桂花却在电话里告诉他:"请不了假,正赶货呢,苗烂了就烂了吧!"

"豌豆花,点点蓝,做一个老公好为难……"留子自嘲地在心里这样唱着,听媳妇一说,也只能理解她了。

冬天到了。冬天是豆民最闲的日子,也是留子最想念媳妇的时刻。于是,留子把桂花睡过的枕头抱得更紧了,心里总是一遍又一遍地念着媳妇的名字。

在春节的气息日渐浓郁的时候,桂花又传话回来说今年又不能回家了。

留子问:"为什么?"

桂花哽咽地说:"老板只放三天假,我能回来吗!"

这一夜,留子失眠了。他决定带着孩子南下找媳妇幸福地过年去!

几经周折,留子终于来到了灵达电子厂的门口。这里真是离家太远啦,流光溢彩的都市景象仿佛使留子置身于人间天堂!此时,大门紧闭着,夜晚的灯光亮了起来。热心的保安告诉他:"你要找的何桂花因工伤刚被医院的车接走啦!"

顷刻,留子一阵眩晕,脸色变得非常难看,满心的喜悦,此时迅速地化成了一股巨大的焦虑,泪水,就模糊了他的双眼。

这时,小小的儿子仰起稚嫩的脸蛋怯怯地说:"爸爸,我饿……"

你是牛粪我是花

午后,阳光当仁不让地洒下来,白白的,很刺眼。夏思米不喜欢这个季节的阳光,尽管雨露光顾依然,但植物却日渐枯萎。夏思米在副驾驶座上不适地扭动了一下身体,安全带不客气地绑着她,很无奈。

现代汽车行驶在去医院的路上,牛粪全神贯注地看着前方,方向盘被他抓在手上,稳稳地,且随机转动。夏思米侧头看了一眼身边镇静的男人,烦躁的心突然有一种踏实的感觉。男人已经五十岁了,荷尔蒙还是那样旺盛,脸膛上的那些青春痘可以证明。

据说烟吸多了,痘痘会层出不穷。夏思米不喜欢牛粪吸烟,但爱他的痘痘,每当这张黝黑的脸蹭在自己皮肤上的时候,那些大大小小的痘痘就会激起她像花儿一样地舒展开来,随风荡漾。

夏思米已经不年轻了,可心永远年轻,因此她从不向人透露自己的真实年龄。夏思米是迷男美甲店的金卡常客,她喜欢在手脚指甲上涂上素色的花,美甲店里的服务员叫了她二十年的美女。

牛粪最爱听别人叫夏思米美女,每次碰到这种事情,他会毫不犹豫地向别人示好,或者慷慨解囊。

可是,随着岁月的流逝,夏思米在不知不觉中出现了抬头纹。

"嘎"的一声,车停下了。牛粪说,我去买烟。

夏思米就在车上想事情。她记得牛粪给自己递纸条的时候是在暮春。那时,油菜花开得正鲜艳,蜜蜂在初结荚的油菜中嘤嘤嗡嗡,骄阳灿烂在夏思米的身上格外引人注目,牛粪偷了他爸的照相机远远地黏过来,夏思米皱了皱柳叶眉。当然,那时牛粪不叫牛粪,夏思米逗趣儿似的叫他狗屎。后来,牛粪终于把夏思米追到了手,就幸福地用手梳着脑门上的头发,说,你能不能不再叫我狗屎了?

夏思米一捂嘴就笑了,嫌狗屎不好?

牛粪委屈地说,狗屎多难听啊。

牛粪这些年的生意做得风生水起,应酬多,老改不了吸烟的坏习惯。牛粪回到车上的时候,夏思米看到这个长得一脸匪相的男人突然"扑哧"一声笑起来。牛粪一脸茫然,于是发动车子。

夏思米想起了自己跟牛粪的初夜。记得那是一个繁星闪烁的夜晚,窗外蛙鼓如潮,婆婆把两碗鸡头饭送到洞房里来,门一关,就把小两口子圈在幸福里了。

乡下的鸡头饭颇具特色,由土公鸡和土鸡蛋做料,再由婆婆打造,先用大火,后用小火,慢慢煨,待香气溢盖、入口即化时分就端进洞房,让一对新人享用人生最美妙的境界。

牛粪殷勤地把鸡头挟给夏思米啃,夏思米当之无愧地吃起来,真香啊!一咕巴嘴,两行油水就顺着嘴角流下来。夏思米昂脸,说,擦!

牛粪不敢怠慢。末了,趁夏思米不注意,"叭"的一声,一口亲在了夏思米的嘴上。

多美的夜晚啊!起床的时候,夏思米发现了一块殷红,如一朵桃花骄傲地绽放在床单中央。

夏思米哭了。

牛粪却幸福地"嘿嘿"地笑着。

夏思米把床单收起来,对牛粪一瞪凤眼,说,这是你的罪证,我要好好保存。

牛粪说,我们都圆房了,你以后别叫我狗屎好吗?

那叫你什么?

我姓牛,就叫我牛郎。

美吧你!

只要不叫狗屎,其他什么的随你叫好了。

叫牛粪。

呵呵,牛粪好听多了……

后来夏思米想,幸亏有牛粪。车穿过山谷路,再拐一个弯,市医院就在眼前了。

来到医生的面前,夏思米显得有些憔悴,这些天来,她总是睡不着觉,眼袋鼓鼓地垂着,心烦急躁;有时又尽想些杂七杂八的事情,弄得心神不宁。

伤心的是夏思米经过了几十个春夏秋冬,经期越来越短,没有经期的日子,夏思米会迅速地衰老下去。夏思米不甘!

医生感叹地说,岁月不饶人啊!

从医院里出来,夏思米无精打采,阳光虽然在无私地温暖她,但夏思米依然觉得很冷。牛粪给夏思米披上了皮草,发髻高耸的她给人一种高贵的印象。

牛粪贴身地搀扶着夏思米,紧紧地抓着夏思米冰冷的手走向现代汽车,牛粪"呵"地给夏思米哈上一口热气,说,没事的,有我呢!

在经过广场的时候,夏思米看见场地上有上了年纪的男女在那里载歌载舞,挥剑练功,神情自若,看他们那怡然自得的样子,夏思米渐渐地增强了信心。此时,夏思米突然想起,自己才五十不到啊!

时间刚过正午,他们的车正朝闹市驶去。

魂断梧桐

多年不洗脸的廖也松今天又在他的老家游荡。

老家在一个青山的怀抱里,满眼都是树,丝丝的清凉氤氲在树的间隙间旋转弥漫。老家已经没有他的什么人了,但廖也松还

是喜欢往那里跑。

老家有廖也松祖父祖母的墓地,但他好久没去上坟了。家的遗址就坐落在涧边的溪水旁,残垣断壁的;路,还是像蛇一样在黄花草地间蜿蜒爬行,如此种种,只有廖也松心知肚明,知道对自己来说已经并不重要。重要的是对面山脚下的那颗歪脖子梧桐树依然是那样蓬勃,几十年的岁月轮回,一点儿也没有衰老枯萎的迹象。

所以他很欣慰。

廖也松喜欢去梧桐树下待着,有时一待就是一天,或蹲或坐或躺或拿根枝条在地上玩蝈蝈,嘴里还"叽叽咕咕"的像在跟谁聊天,偶尔唱着一支只有他自己才听得懂的歌。当他抬头正看树时,虬枝正舒舒服服地伸展着,宽阔的叶子又嫩又绿。此时,阳光正从树叶间筛下来,斑斑驳驳,照在廖也松邋里邋遢的脸上一块白一块黑的。站累了,廖也松就坐在草地里,头抵在膝盖上打盹,白天也入梦,嘴里还幸福地念着"雯雯"。

起风了,雷声从山外隆隆而近。山里的雨说来就来,接着,密密的雨点砸下来,把睡梦中的廖也松的肩膀也淋湿了。起始,他还以为是雯流的泪。后来他甩甩头,清醒一下意识的时候,才发现一层一层的雨帘正从对面的山腰上飘然而至,廖也松这才开始慌忙地往对面的路亭里跑。

才跑出了几步,就跟迎面而来的雯的父亲撞了个满怀。

雯的父亲狠狠地推了廖也松一把说:"冤家,人都不在了,你还常跑到这里来干什么?"

廖也松摸了一把脸上的雨水,怯怯地闪于一旁,眼神痴呆地看着那个熟悉而又陌生的背影逐渐远去。

几个月过去,再次来的时候,廖也松怎么也找不到他的那棵梦牵魂绕的歪脖子梧桐树了！因为一条宽阔的马路已经爬进了大山，刚好从长着梧桐树的地方穿插过去，现在满耳朵都在响着机器的轰鸣声。

但廖也松还是在找，这棵榕树下坐一会儿，那棵榆树杆上摸一番，逢人就问："你看见那棵梧桐树了吗？"

不知内情的人总是摇摇头，不解地看着他，离他远远的。

那一天，廖也松找得简直在发狂了，所有的山里人和修路工都听见了他那声嘶力竭的干嚎和"雯雯"的呼喊声。

后来，老家再也没有出现过廖也松的身影。

有人说，他去外地找那棵梧桐树去了。

也有的人说，廖也松已经死了。

秀莲子

十九岁那年，瘦瘦的我一下子蹿过了扁担，说话的声音也变了，"咣咣"的，浑厚而深沉。我时常会不由自主地去摸喉结和去拔唇边的胡子，让年轻的心在青春的脉搏里不安地骚动。

那年我高中还没读完，就挑了铺盖回家，叔看我这样，"唉"地叹着气，说：木大只做柴，去学门手艺吧！

经人介绍，叔把我送到了师父家。师父姓邓，尖嘴猴腮，但抡起斧头来却虎虎生风。可是，师父好赌博，常输得口袋里掏不出两子儿。师母极为不满，天天叨叨着说：木匠，木匠，我看你是个穷相！后来，师母不让我们出门做手艺。师父无奈，白天带领我

上山砍毛竹，只有晚上才拿起做木匠的家什就着灯火打猪兜子。卖出的钱，师母就一把从买主的手上接过，让师傅干着急。

砍毛竹的地方山好高，又远，我们带了干粮，把砍刀插在屁股上的皮带下，拾阶而上。师父叫我跟秀莲子搭档，我负责砍竹子，秀莲子就一棵一棵地劈枝叶。秀莲子扎一束马尾巴辫子，劈刀在她的手上挥耍自如，刀到之处，所向披靡。秀莲子跟我差不多年纪，心灵手巧，是我不能比的。砍累了，我就坐在树荫里偷懒，秀莲子掠一掠眉上的散发，笑了，坐就坐一下呗，看我干啥呀？

晌午的时候，秀莲子手搭凉篷看看太阳，说，呀，日上中天了，怪不得肚子咕咕地闹意见呢！

吃过干粮，我们就把竹子拢到下山的槽口，随着秀莲子一声"放"！大大小小的竹子就顺着沟槽像赶趟儿似的滑下山去。

晚上，我跟师傅制猪兜子，秀莲子就做针线活。秀莲子会在被单上绣鸳鸯，牵针引线，做出的活又精又细，我们忙到深夜，秀莲子就绣到深夜。

我不解。一次，就问师母：秀莲子是在赶嫁妆吗？师母"哈哈"大笑：八字还没一撇哩，丈夫的门向东向西都还不晓得哟！

不知为什么，从此我跟秀莲子一起做事不觉得累，有时闲下来，我就端了个凳子坐在秀莲子的对面特别享受地看她绣花或者剁猪吃的野菜。她剁得极快极细，像骤急的雨点。

也许是劳动量大的原因，我的肚子像漏斗似的，那年的饭量特别大，三碗嫌少，六碗不算多。我清楚地记得，我在师父家吃过八碗大米饭。那次我遭了师母的白眼，秀莲子看了就埋着头"吃吃"地笑。第二天，我只盛过一碗饭，秀莲子就说：少吃点。我尴尬地撂下碗，极不高兴。

秀莲子嗔我一眼说：嘟着嘴干啥？后来，她拉着我就往邻村里跑,边跑边说:我哥给你放假了,他要我带上你一起去吃打天斋。

在我们乡下,打天斋的人家一定是有人患病了,久治无效,或无钱医治,才不得已而为之。天斋择在屋外进行,空地上置上一口大锅,煮粥或者蒸米果,并叫上贪食修善的乡亲一哄而上,抢吃得快,患者的痛苦因而消失得也快。这一回,我们吃的是蒸米果,还放了糖精,既解了馋又当了饱。

过了桥,老榕树下有块平滑的大石板。秀莲子说:坐坐吧,这么早回去,嫂子又得管你去做事了。

说着,秀莲子就挨我坐了下来,这天我们聊了很多。秀莲子说:真想不通,你干吗放着好好的书不念,跑到我们家来学木匠?现在木匠没得学,就跟我学砍竹子!说完就又"吃吃"地笑我。我含情地看了她一眼,说:我喜欢。秀莲子害羞了,一丝红晕就在她水灵灵的脸上荡漾开来。

不知不觉,半年过去了,我除了会在猪食槽的木板上钻孔外,木匠的其他活儿都一窍不通。那天,叔远道来看我,发现我们不去做手艺,专搞砍毛竹的副业,就一肚子的火。

叔要把我带回家去,可我不想回去,但总归得回去。秀莲子很难过,泪水在她的眼眶里打转。记得那天天阴阴的,空中没有一丝风透过,且有闷雷在天边滚动,乌鸦在树冠上聒噪、盘旋。叔严厉地督促着我,我有万般的不舍,却不能停留。

当我们就要经过老榕树下的时候,秀莲子不顾一切地追了上来,塞给我一包东西,就默默地一转身走了。

望着秀莲子离去的背影,我的心里就像刀割一样难受。我们一直目送着秀莲子走远,最后,秀莲子拐过一个弯,不见了。在叔的面前,我无顾忌地打开包包,原来秀莲子在那么多不眠的夜里,为我绣出的是一幅鸳鸯被面图！

一晃二十多年过去了，在梦里，我曾无数次地见过秀莲子。后来，秀莲子嫁到广东去了。

今晚，没有月亮

十五的月亮十六圆，往年的前一天，我都会准时收到阿月一年来给我唯一的信息，阿月说：王宝哥哥，今年我不能回家了，请你在大王的面前替我美言几句好吗？

或者说：王宝哥哥，有钱真好，我想发财了，麻烦你告诉大王请他多多保佑我赚好多好多的钱。

每当这时候，我都会替远方的阿月一一照办，除了对大王虔诚地作揖打躬外，还要在心里默默地送出对阿月的祝福：希望阿月在外一切顺利，母女平安！

今年的桂花又开了，白白的花儿像雪花一样覆盖在枝头，淡淡的清香，在冲丘村的大巷小巷里乱窜，沁人心脾。

屈指一算，阿月已经八年没回家了。下午五点刚过，太阳就跌进了西山，村前小庙的禾坪上布满了大大小小的车辆，来者皆是冲丘村的乡亲，和在外的打工仔、手艺人或是发迹了的老板，他们早早地到来，都是为了一年一度的添香加彩。

唯独阿月没有回来，也不见她的信息，阿月怎么了呢？

喇叭一响，又一辆小轿车驶进了村，狗牯子腆着大肚子从车上下来，牛皮鞋响亮地敲打着路面，随从的还有他那浑身珠光宝气的老婆,孩子都讲着城里的话,小眼睛眨啊眨的,满是新鲜和好奇。

狗牯子小时候是我的死敌,为了争相讨阿月的好,我们在放牛的山坡上、摸鱼的小溪里可没少打过架。有一次,狗牯子禁不住诱惑,要去摸阿月的胸,被我当即推翻在地,并当马骑。我跨在狗牯子的身上,扬起巴掌对他的屁股左右开弓,直打得狗牯子嚎成了猪叫。狗牯子很快和乡亲们打成了一片,香烟发啊发的,见者有份。狗牯子捋了一把油光光的脑袋,见我在边角上看他,就快步地走过来,轻轻地拍着我的肩膀,哈哈地大笑,他说:王保长,你见了我也不吱一声啊,哈哈,瘦了瘦了,抽烟抽烟!我最忌讳王保长这一外号,为了抗争,我经历了从一年级直到初中的努力,没想,狗牯子还惦记着。我说我不抽烟。其实,我是不想抽他的烟。

天上铅灰的云越涌越多,无数只黑蜻蜓在人们的头顶上忽高忽低地盘旋,要下雨了。天一暗,鸣炮手就点燃了三颗"雄光头",三声巨响过后,乐器就铿铿锵锵地敲了起来,这时,大人乐小孩跳,正是冲丘村最热闹的时候。打开庙门,第一眼就可看见木塑的大王手持驱魔棒安坐在神龛上的威严。乡民们把大米饭、熟鸡、熟鸭、熟猪头一一摆在供案上,然后燃上香烛,磕头作揖,口里念念有词地祈请大王庇护。

狗牯子在南方当老板,高价买来了一只山羊,羊咩咩地叫着被助手按于供龛前,白刀子进去红刀子出来,鲜血喷了一地。狗牯子拉上他的老婆用草纸浇上血,焚烧,边烧边说:大王,我舍本煎油条,供大山羊给你吃,你可得再保佑我发大财行大运啊!

我听了就在心里说:狗牯子要遭天谴哩!当年阿月要不是被狗牯子骗去了南方,也不至于沦落到了做三陪女的地步。

四伯也捧来冥纸在大王的面前焚烧,四伯说:请大王保佑我们身体健康吧!

　　于是人们就纷纷说出心愿,小马子说我要考上大学,花婶说希望闺女嫁户好人家。而我,就大声地告诉大王,希望阿月不要再被别人骗了,幸幸福福地过好每一天。

　　我是第一次这样当着众人这样大声地说阿月的。娘说,你还念着阿月呀?阿月伤你的心还不够吗?

　　是啊,那一年阿月置我们的婚约而不顾,毅然决然地随狗牯子南下打工去了,狗牯子几番预谋把阿月安排在夜总会"赚大钱"。后来,阿月赚大钱的同时,"赚"到了一个没有爸爸的女儿和一身的病痛,以至于八年来都没脸回家。

　　哦,阿月,你还在南方吗?多少次我拨打着阿月的电话,可是阿月就是不接,阿月来信息说:我没勇气跟你说话,更没脸见你,王宝哥哥,你把我忘了吧!

　　可我怎么忘得了呢?

　　记得小时候阿月帮我提着鞋子,我就一个猛子扎下水去摸螃蟹,见我久不上来,急得直哭。屋后的那片凤尾竹好青哦!那时,我们常常坐在竹林里读书、说话。后来,凤尾竹摇啊摇啊,把我们摇成了一对恋人。打柴的时候,我们喜欢在岩洞里停歇,热了在那里清凉,渴了就俯在那里喝水。有一次,阿月忽闪着眼睛问我:假如我们今后真的在一起了,你估计我们会有几个儿女?我说,八个。哇!阿月就大笑,你供得了吗?我马上拍拍厚实的胸膛,告诉她:没问题!再后来,岩洞差一点成了我们的洞房。

　　当天完全暗下来的时候,供拜的爆竹也燃得差不多了。狗牯子今天在村里炫够了脸面,他拉开车门和他的老婆就要回城里去。

　　长久以来,我恨透了狗牯子,要不是他从中使坏,也许我跟阿月早就结婚了,是狗牰子毁掉了我的幸福。这时,我裤兜里揣着一把刀,那是专门为狗牰子准备的,今天,我们了结的时候到了!

我叫来狗牰子。狗牰子就不耐烦地咕哝着:有话就说,有屁快放,客户还等着我回去签合同呢!

我最看不惯他那副德行,说:放就放吧!一刀刺去,狗牰子应声倒地。

嘀,提示音响起。我打开手机,正是阿月,阿月说:王宝哥哥,我马上就要见到你了,我快到家了!

人群混乱起来。我呼出一口浊气,看看天,黑咕隆咚的,一点月色也没有,我踢了踢死猪一样的狗牰子,心想,明晚还能看到月亮吗?

红房子

从一锤定音的那一刻起,他似乎终于找到了归属。

憔悴了两百多个日日夜夜的他,又油又亮的黑发在不知不觉中枯黄。何小蒙说过她最喜欢他的黄头发,特别像秋天的茅草。他一直不解何小蒙为什么会喜欢那样,照自己的常理思维,毛发枯黄要么不是衰败要么就是营养不良。那次,他低着头,何小蒙舀了水慢慢地从他的头顶上淋下来,他很受用地任何小蒙那只长茧但还算细嫩的手在他的黄发丛里来来回回地抓。待最后一瓢清水落下去且用毛巾把水珠擦尽时,他还傻在那里。看他愣怔半晌,何小蒙在他的屁股上拍了一掌,想啥呢?接着他就痴痴地盯

着何小蒙的脸蛋看,直把何小蒙看得脸上起红霞,每每这时,丝丝春意就在他们的红房子里氤氲弥漫。

后来,他从红房子里搬了出来,他就把头交给了洗头房的小姐。小姐那双柔软的手与何小蒙的不一样,小姐的手指又尖又嫩,指甲上还文上了好看的玫瑰花。从乡下出来的他感觉这就是极品。极品落在他的头皮上有一种酥酥的麻麻的快感,小姐总是近距离地给他揉搓头发,挺拔的胸峰偶尔还会在他某个部位上撞一下,掏耳朵的时候,那种痒痒的劲儿,真是舒坦极了。

铁门"吱呀"地开了。这时,西下的阳光从小窗斜了进来,照射在小桌上的托盘上。饭管够,还有酒,酱色的猪脚包透着诱人的光泽。但是,他更想吸烟。透过烟雾他仿佛又看见了他跟何小蒙的红房子。

屋子建在丘陵上,平房,坐北朝南,舒风和暖阳直直地送进来,何小蒙说满屋子都是惬意。为了远离世俗纷争,何小蒙喜欢把家安在这里,内壁刷上石灰,既温暖又干净。特别是柴近、水便、土地开阔,仿佛在举手投足之间就能够把生活完成得很好。青墙青瓦在那时是当地很好的房屋建筑。而他们的房子却是红砖红瓦,因为那时穷,红砖红瓦便宜。他把门窗开得大大的,天黑了,屋子里才有必要点灯。那些日子他跟何小蒙的黎明来得比别人早,天边的启明星一闪就直接拉亮了他们的早晨。起床后,各就各位,煮饭、洗衣、奶孩子,而他,则背起那个帆布包走上通往乡镇机关的路。

他记得每年的端午节,何小蒙都会在窗户上插满柏枝艾叶,再沿红房子周围洒雄黄酒。酒是好酒,酒香四溢,他吃着粽子,抽抽鼻子,努力地嗅着空气里的酒香,看着忙忙碌碌的何小蒙,心满意足。

何小蒙是江南女子中的奇葩,农闲、客串的时候,她敢把一件乡间极罕见的低领裙裾飘飘地穿在身上,尽管身体娇小,但走到哪绝对是一处亮丽的风景。农忙季节,何小蒙换上工作服,撒开脚丫子就下地干活了,打垅犁田样样拿得起放得下。那天,何小蒙突然心血来潮在院子里搭了一蓬瓜架,他回到家一看,乐歪了嘴。闲暇,他常坐在瓜架下的靠背椅里仰望着青藤枝蔓,大大小小的瓜儿垂着犹如风中吊铃,他喜欢端上一杯茶或燃起一支烟,优哉游哉。八月份的时候,丝瓜熟了,何小蒙把嫩丝瓜摘下来与辣椒一起炒,老的就扒去粗皮当抹布用。

他好多年不去想这些事了,不知为什么今天却历历在目。烟把他呛得咳嗽了好久,风从小窗口灌进来,他抬眼望去,满目的落霞。

女儿从一出生起就开始尿床,当然,那时,没有"宝宝舒"。他提议去买吸水巾,何小蒙说有现成的。何小蒙在柜子里翻出他们的旧衣裤用剪刀一剪,就派上了用场。于是,矮矮的屋檐下就挂满了五颜六色的吸尿布,风一吹,淡淡的尿骚味扑鼻而来。何小蒙说,好香哦!而他却一皱眉,说,香个鬼!何小蒙当即就嘟起小嘴,粉拳雨点似的落在他的肩上。他"嘻嘻"一笑,赶忙逃离。何小蒙说,你在机关好酒好肉吃多了,对女儿最纯正的香味都厌了!

面对今晚的酒肉,算来这顿饭已是够丰盛的,但比起何小蒙做的饭菜却差远了。狱警说不够还可以添,可是他吃得很慢,味如嚼蜡。

何小蒙会做聋子鸡,拌入蚝油浇上黄酒,大火一蒸,几分钟就熟了。聋子鸡源于江中大厨的独门秘技,何小蒙为了把小日子过成一朵花终于偷偷地学到了手。聋子鸡又嫩又滑、香甜可口,每次他都吃得满头大汗。何小蒙递过来一条毛巾笑着说他是馋死鬼投胎。他胡乱地抹了几把脸，打着饱嗝对何小蒙说，下辈子我还要做你的老公。

可是，没等到来生，他又做了别人的老公。随着仕途的腾达，他把何小蒙永远地弃在了那栋红房子里。再后来发生了什么，他想，就如同做了一场噩梦！他想起了何小蒙的眼泪，在一天夜里，他看见何小蒙的眼泪流成了一条河，河水泛滥，最后把何小蒙淹没了。

是醒的时候了，可是已经晚了。刑警说，在行刑前你可以提一条合理的要求。

他说我想去看看那栋红房子。

其实他心里知道，对于那栋美丽的红房子自己是永远回不去了！

歌　　者

为你打开吱呀的后门哎哟
为你点亮满天的星斗
让你亲亲地把嘴努起哎哟
我想你悄悄地把泪儿流
……

那个又脏又臭的老头又在河边的垃圾堆里莫名其妙地唱起来，风一吹，苍凉的声音在天空中回旋。

他走过阳台,急急忙忙地下楼,他要去医院,黄小蓉已经病入膏肓,这使他措手不及。

他知道,黄小蓉喜欢听那个老头唱歌。五十岁那年,一次眼疾使黄小蓉永远与光明告别,从此打开了她听力的最佳之门。每当河边上的那个歌声响起,黄小蓉就会急不可待地来到阳台,面对无止境的黑暗入迷倾听。听到动情处,黄小蓉的泪会从塌陷的眼窝里流出来,过后就是一阵剧烈的咳嗽。

现在,黄小蓉再也听不到那种"把泪流"的歌声了,在白色的病房里,黄小蓉安静地躺在床上,那根导管置于黄小蓉的鼻孔下,一刻也不能停止输氧。

他记得,多年以前,黄小蓉常常会在梦中尖叫,醒来大汗淋漓。每当这时,他就会像过斑马线似的把母亲的手抓过来,彼此传递力量。现在,他抚摸着黄小蓉干瘦如柴的手,凉凉的,只有细小的脉搏在跳动。

关于黄小蓉,他从小就有很多为什么抛向母亲,黄小蓉总是轻轻地拍拍他的头,黯然地说:别问了,孩子,等你长大了就会知道。

那时,他们住在后河靠北的那排工租房里,简陋的家具,干净的地板,一扇厚厚的木门护着他们温暖的家。

他从小长得不像母亲,脸长长的,两颊犹如刀劈过似的。而黄小蓉的脸是圆形的,那时,黄小蓉的脸红扑扑的,且梳有标致的刘海,任何一件廉价的裙裾穿在她的身上,都会像一只彩蝶在花的海洋里与众不同。

黄小蓉做了半辈子的纺织工,在工厂里,两耳灌满了机器的轰鸣。他最爱看黄小蓉戴着白帽子、白口罩,灵巧的手在纺织机上上下翻飞的样子。几十年来,就是这双白皙得有些透明的手撑起了他们的家,哪怕它有时会毫不客气地扇在他的屁股上,使他哇哇大哭,但他依然爱它。

黄小蓉的病危通知书是三天前下达的,尽管药液还在源源不断地进入她的血管。

妻子来给他换班,妻子从热饭煲里舀出一勺鸡汤轻轻地灌入黄小蓉的嘴里,可黄小蓉咽不下,又吐了出来。他跟妻子面面相觑,不知如何是好。

妻子说,那个捡破烂的老头今天又在河边上唱,叫魂似的。

他说,管他,唱不唱是人家的自由,难不成你还把他的嘴巴封住?

妻子说,今天老头唱的这首歌很特别,像小时候妈教你唱的那首儿歌。

对于这首儿歌,他再熟悉不过了,在很多无助的夜里,黄小蓉总是呀呀地唱着伴他入眠。

月光光,照船上

船来等,轿来扛

新做鞋子十八双

哪双好?双双好

留着明天讨媳妇

……

二十年后,他从此有了媳妇,这让黄小蓉少操了很多心。特别是看见儿媳那个日渐隆起的肚子,黄小蓉的脸上就像贴了金一样高兴。

可是,好景不长。一天,一个老头突然敲开了他们的家门,他看见黄小蓉浑身战栗起来,黄小蓉惊恐地睁着眼睛,连连后退。那时,黄小蓉已经退到了阳台上,同时,她朝老头歇斯底里地叫喊:出去! 再不出去,我就从阳台上跳下去!

他不知道母亲到底是怎么了,他忙把老头赶走,去安慰母亲,仿佛有什么事情在冥冥中打乱了黄小蓉的生活。这一夜,黄小蓉再次被噩梦惊醒,醒后,浑身是汗。

随着时间的推移,黄小蓉不再有噩梦惊醒。这时,年迈的黄小蓉已经双目失眠好些年了,在雪花飘落枝头的时候,黄小蓉会定定地望着窗外,莫名地叹息几声。

自从河边飘来了歌声,黄小蓉的心情才有了起色。母亲说过,十几岁时她进过乡下的戏班子,天南地北来回巡唱,从而对乡村戏曲有很深的渊源。听到歌声,黄小蓉的心里会动一下,苍白的脸上不觉间就红润起来,仿佛那个小丑在舞台上装模作怪的情景又在眼前,偶尔,也附和着哼上几句。歌止,黄小蓉再次陷入落寞当中。

今天又下雪了,无声的雪把世界装扮得异常干净。黄小蓉已经到了生命中最后的时刻,但她总是不忍离去,游丝般的气息在她的鼻边断断续续。

他和媳妇都哭了。

黄小蓉艰难地颤动了一下嘴唇,脸努力地挪向窗外。他往外看去,窗外除了雪还是雪。这时,他突然想起在垃圾堆里扒破烂的老头。

他对妻子说,妈可能要听那老头唱歌呢。

妻子会意,说,你去把他叫来吧。

当近距离的看到老头的时候,他发现还不如称他为叫花子,因为老头具备了一切叫花子的特征。

他为老人裹上大衣,来到了母亲的床边。不料,老头一开口,黄小蓉的嘴唇就突然翕动了几下,在深深的眼窝里有几滴浊泪流出来。

老头胡子拉碴,面无表情,就呀呀地唱开了:

牛角弯弯哟嗬挂晚霞

山歌只只哟嗬嘴边唱

妹子哈哈哟牛背上坐

哥我把缰绳稳稳抓

……

唱着唱着,黄小蓉桃核般的脸舒展开来。

老头再唱:

迎春那个花儿呀

大大地开

如水的妹子哟

人人爱

劝君莫学我呀

错把鸳鸯散

……

唱着唱着夜幕降临了。唱着唱着夜已进入了深处。老头的声音渐渐嘶哑,最后变成了无声。

黄小蓉一直默默地听着。后来,她叹出一口气,细若蚊叫地说:你也累了,我们都睡一会儿吧。

接着他们就沉沉地睡去,从此,再没有醒来。

杂交牛

在这里我称他杂交牛没半点贬低他的意思,在我的家乡,有时一个合体的外号会伴随人的一生,直到走进坟墓。

杂交牛是政府为了眷顾我的家乡从国外引进的牛的品种,比如西门塔尔、七里红等等,在我们村里都统称为杂交牛。其主要特征为身高体壮,耐粗饲,不畏严寒,并大大地缩短了养殖周期,给农民带来了很好的经济效益。杂交牛的头上以一撮白毛显得尤为奇特,而他的头上也具备这样一撮白头发,万黑丛中一撮白,不论他走到哪里,都会显得与众不同。

其实杂交牛有一个很好听的名字叫来金,以前,他是我们村致富的领头雁,在年尾的表彰大会上,村书记还特意给杂交牛佩带过大红花,那时候啊,全场掌声雷动,要多光彩有多光彩。然而,福兮祸所伏,后来他的一大卡车牛肉在福建的牛市里遇上了万劫不复的骗子,从此一蹶不振。

当季节走进腊月门的时候,人们都在悄悄地赚足能量为过年做最好的准备,与此同时,收债的也紧锣密鼓起来。这天,杂交牛在路上又遇到了一位债主,债主向他讨要。杂交牛两手一摊,说,你总是不相信我没钱,要不你腊月二十五来我们家吧,记得早点来啊!谁料在二十五日,当那位再次来到杂交牛的家里要债的时候,屋子里早就挤满了前来讨债的人。杂交牛说,你来晚了,凳也没得坐了,不好意思啊!这天,众人除了讨到了一杯开水喝外,啥

也没有。

杂交牛出名了,因欠债而出名。风光惯了的老婆没法跟他过,一跺脚,跑了。没了老婆的杂交牛从此过上了饮食无规律的日子,有时一顿管三餐,或者只喝酒,醉得晕晕倒倒,一次还抱着祠堂门口的那只母石狮子亲个不停。

三伯骂他畜生,说,像你这种人还不如早死算了,省得给我们丢脸。

杂交牛说,我死不了,我下身都还滚烫滚烫的,不信你过来摸摸。

三伯摇摇头,沉重地说,没救了!

书记想拯救杂交牛,说希望杂交牛在哪里跌倒就在哪里爬起来。妇女主任看见了,上去把杂交牛拉起来扶回家。没有女人的家,脏乱得不成样子。尿急了的时候,杂交牛就对着墙根拉尿,一股刺鼻的骚儿味充斥了整个屋子。

妇女主任说,你看你像什么话,别再喝酒了,好吗?

这时,杂交牛的酒醒了一半,突然想起老婆,就眼泪鼻涕一起掉,他说,我就是憋得难受哇,夜里好冷哦!

知道冷就好。我还以为你真成了木头呢!做人要有骨气,老婆迟早会回来的。妇女主任说。

这时,妇女主任头上那股洗发水的幽香突然钻进了杂交牛的鼻孔,不知怎么,杂交牛就一下子把妇女主任抱住了。

妇女主任大惊失色,拼命地挣脱杂交牛的手,在甩了他几记耳光之后,夺门而逃。

这一天,杂交牛像失了魂一样,他把自己关在屋子里两天两夜,不吃不喝。

朽木难雕。后来,妇女主任对书记汇报说,我再也不去做他的思想工作了,弄不好还惹一身骚!

布谷鸟叫了,家家户户都在忙春耕,而杂交牛却依然睡他的觉,稻种也被他吃掉了,心灰意懒使他觉得不需要为今后作打算。老婆走了,杂交牛的家门始终都开着,饿了,如碰上谁家的鸡误进了他屋,他就会毫不客气地杀来炖汤喝。杂交牛成了个破罐子,破罐子破摔,邻居也拿他没办法。

村里给杂交牛送慰问金。村民有意见,不屑,都说给这种人送红包,是不是要鼓励他去偷鸡摸狗?书记说,我们总不能就这样眼睁睁地看着他毁了吧?浪子回头金不换呢!

杂交牛没有回头,依然我行我素,他的衣服更脏了,头上的那撮白发更乱了。书记就请派出所帮忙教导教导。

可所长说,对付这种人最头痛了,打不得铐不得,小偷小摸够不上犯法,哪能去给他判刑呢?即使关他几天禁闭,有吃有喝,他还图个安乐!

近来,我们乡正在创建"最文明卫生乡镇"。这天,杂交牛漫无目的地在马路上闲逛,突然一辆写有"叫花子收容车"字样的大篷车在杂交牛的旁边"嘎"的一声停了下来,几个彪形大汉把他扛了起来,再"乓"的一声把杂交牛扔进了焊着钢筋的车厢里。

车厢里早已有好几个邋邋遢遢的叫花子,一个叫花子惊恐地敲着栅栏咆哮着,另外几个则脸无表情。杂交牛自嘲地摇了摇头,卧在角落里睡了一觉。

当醒来的时候,车停在了一座废弃的林场里,周围树木参天,阴气沉沉。车斗一抬,他们就被彪形大汉赶了下来。之后,杂交牛眼睁睁地看着叫花子收容车喷出一股尾烟弃他们而去。在这荒山野岭,叫花子们"嗷嗷"地叫着,一下子就作鸟兽散。

多日以后,杂交牛终于回到了家乡。他一路向西,渴了喝水,

饥了吃草,可谓真正成了一头杂交牛。当快要看到村庄的时候,他在溪边洗了一把脸,希望久违的屋上会升起袅袅的炊烟,或者看到那张再熟悉不过的脸。可是,没有。家门依然洞开着,地上还长起了青苔,杂交牛踏上去,软绵绵的,虚虚的,似有要跌倒的感觉。

我们村的养牛产业发展得顺风顺水,销售极好,有几位前来买牛的牛贩子在市场上争得脸红耳赤,还动起了武,结果双双住进了医院。一天,经一"愣头青"点拨,说在村前靠祠堂的那栋破屋子里有一头无人看管的杂交牛待售。牛贩子走进去一看,哪有什么杂交牛啊,只见一老男人躺在床上病得已奄奄一息呢!

喊　山

刀子不止一次夸张地说,只要你一喊,随时都有金元宝滚下来。

肖姗不信,就翻身骑在刀子的身上,说,那明天你就带俺去喊。如果你骗了俺,那些金元宝俺就要从你的口袋里滚出来!

刀子小眼睛转转,说,去就去,谁怕谁呀。说后,肚子里又不禁叹息一声。

这时,他们已在小县城的一个旅馆里暂停了一夜,等他们睁开眼的时候,阳光已在窗户上跳跃着,街上脏脏的,满是匆忙的脚步。刀子一看手机,九点啦,该起床了!肖姗哈欠着,说,累死了,我还要睡会儿。

洗漱完毕,刀子走出了旅馆,挑了个冷清的汤粉店坐下,要了一份早点。刀子谙熟肖姗一般不吃早餐,但夜宵是必须的。这里的早点一点儿也不好吃,比老婆做的小米粥差远了。前些年,刀子的胃不好,是老婆坚持给他熬小米粥喝,还放上绿豆,慢慢地就把刀子的胃调好了,因此才有了进城打工的机会。刀子有思想,一直渴望出人头地,几年下来,刀子的牛头彻底地换成了马面。

这些天,刀子和肖姗常念着一个叫富贵山的地方,很是向往。而今去富贵山游玩的人越来越多,山上乱石嶙峋,树木参天,百鸟啁啾。山脚下有两个小小的原始洞,人称油米洞。传说,左边的洞出油,右边的出米,只要人来到洞前大喊,油和米就源源不断地冒出来。一次,有个叫屙斗的人耍聪明试图把洞口凿大,好将洞里的油米大批量倾出,挑去卖了过上更富裕的日子。哪知如此一凿,油米洞戛然而止,再也未见有油米流出来。人们叫苦不迭,挖根寻源,就把屙斗捆绑起来,押至油米洞前磕头谢罪。然而,再无回天之力。人们怒起,当场把屙斗压在富贵山下。后来屙斗化成一只彩鸟飞于树丛中,常年"苦啊苦啊"地啼叫。

从认识肖姗起,刀子就越来越觉得老婆难看,身子粗且不说,特别是那张脸,黑黑的,抬头纹很深了。但老婆是个干活的好把式,能把小山样的茅草挑回家。每次,在刀子给家里寄钱的时候,老婆总是在电话里嘱咐他:种田很好的,够开销!你要吃好一点,穿好一点,别像在家里那样寒碜,有了钱就往银行里存,过几年,儿子要上大学了!

刀子的手机里有一张跟家里联系的卡,好久没给老婆儿子打电话了,他要告诉他们,工地业务繁忙,可能又回不去了。

老婆哽咽着说,那你可要保重好身体。

儿子却说,老爸,你都两年没回来了呀,工地哪会有那么忙呢？我不信！

啥都有可能,不由你不信。好了好了,我挂电话了！刀子的电话掐得很快,有时很果断也很坚决。

回到住处,肖姗还未醒来,垂涎从嘴角流出来,滴在了白白的被单上,但刀子觉得很好看。

为了沾富贵山的灵气,他们十点钟就出发了,刀子开着车子幸福地朝茫茫的山区驶去。

据说在山下吼几嗓子,把心中的心愿说出来,来年就可能实现,刀子做梦都想实现自己的心愿。刀子挺有意味地看了看旁边的肖姗,问她,到时,你许啥愿呢？

肖姗诡秘一笑,不告诉你。

刀子自嘲地摇摇头,女人的心,天上的云！实话说,我早就把今天去喊山的愿望想好了。

啥？

刀子就把大嘴巴凑到肖姗的耳边。

肖姗咯咯地笑,一粉拳锤在刀子的身上,还永远,美吧你！

车拐过弯,天越来越暗,有雷在天边隐隐地滚动。风刮来了,是一种潮湿的风,路旁树木的枝叶被风吹得哗哗作响,如群魔乱舞。要下雨了。

肖姗说,俺怕。俺想回去了。

刀子啪地燃上一支烟,富贵山就要到了,不吼上几句不甘心呀！

贵你个头,天都要翻了,留在这里喂狼吧！

呸呸呸！你积点口德好不好？刀子把窗玻璃放下点儿,风雨就灌了进来,刀子把只吸了两口的香烟重重地掷出窗去。

这时,雨已经从对面的山坡上飘了过来,以排山倒海的气势在他们前面的路上激起了无数支白色的箭。此时,他们刚好行驶在一棵大树下,哪怕刮雨器刮得飞快,刀子依然看不清前面的路,刀子把车往路边挪了挪,只得停下。

"轰"的一声,一道闪电在他们的车前划出了一片耀眼的红。

肖姗把身子依进刀子的怀里,刀子紧紧地抱着肖姗,肖姗的脸一直在往刀子的怀里拱,她说,俺怕,俺怕。

刀子说,别怕,宝贝。

缕缕香水味充斥刀子的鼻孔,他想这样挺好,让雨就这样永久地下。刀子的身子着了火一样,接着他们就快速地纠缠在一起。

这场几乎汇集全世界的雨在这里倾盆,刀子的车成了汪洋中的一条船。

刀子激情放肆,肖姗呻吟。"轰——"又一道雷电劈来,雨更大了。

就在他们忘乎所以的时候,一股山洪漫过山嘴,如脱缰的野马朝他们涌来……

抢　劫

我一直记得今天是七月八号,我盼啊盼啊,终于盼来了。

娘的腿又在痛了,娘说像刀割一样。娘已经呻吟一宿了。我想让佩仙早点来给娘打针,佩仙是我们山坳里的赤脚医生,每次看到背着药箱的佩仙,我和爹都会像是见到救星一样。

为了给家里多挣工分,爹终于把队里那头大骚牯的饲养权争取到了,一早一晚,别人家的崽女在玩耍,而我却在看牛。牛最喜欢吃黄山坳里的草,那里的草嫩嫩的。可黄山坳里阴森森的,不知为什么,我却不怕。爹夸我牛养得好,在我吃饭的时候,总是要我多吃一点。

但不管怎样吃,我还是皮包骨头,眼睛大大的。有时,我在娘的床前,她总是摸着我的脸,摸着摸着,就哭了。

天刚蒙蒙亮,我就把牛牵到了黄山坳,择了一块草长得又密又嫩的草地,拴好。想起了今天是七月八号,于是,我在去学校的路上连跑带跳。

娘患风湿关节炎,瘫痪在床,五年了。我走的时候,爹借了钱,特别交代我要去药店给娘买云南牌膏药,并要把钱给我。

我说,爹,我有钱呢。

爹不信。我就朝他诡秘地一笑。

这时,我想起了老师的话。老师在放暑假前的总结会上,反复地强调:记得七月八号那天要返校割稻子。另外,还有助学金这份惊喜等着你们呢!

我是第一个到学校的。老师看到了我,就说,你是第一个。

不知褒贬,但我的脸一下子就红了。

我不敢看老师,幸亏人们都陆续地走进了校园。我无助地站在一棵杨树下,看同学在操场上打闹。

我们中学有一处农场,每年七月,同学们都要返回学校割稻子。稻谷成熟,金黄一片。

为了获得学校的这份"惊喜",我永远记住了七月八号。

在学校匆匆地吃过早饭,我们就在农场割稻子。想起就要用老师给的"惊喜"为娘买膏药了,于是,我干劲十足,甩开膀子就

"唰唰"地割开了，一行到头，又割一行，把同学远远地甩在了后面。

太阳开始施放淫威，天底下明晃晃的，蝉儿在高树上不停地聒噪，我挥汗如雨，汗水流进了眼里，我的腰可疼了，但我却咬紧牙关。一个声音告诉自己，发奋就会得到老师的认可。

又一行到头，我从稻田里站起身来，挺一挺累了的腰，希望老师能看到我。这时，突然有人说：付方海病倒了！

太阳偏西，我们终于把稻子割完了。走上田埂，树荫下的付方海正在那里笑呢，他说，我现在不头晕了。

想起马上要发助学金，我全身的劳累都消失殆尽。

回到学校，终于等到要发助学金了。我的心"扑扑"地跳，看到别的同学乐呵呵地上台去领助学金，心想，快轮到我了吧？

可是，一直发到最后，也不见老师报我的名字。老师说：助学金发完了，同学们，努力吧！值得表扬的是付方海同学，带病劳动，给大家树立了好榜样。本来这次付方海同学是没有评上助学金的，但今天我们要特别奖励他！

"嗡"的一声，我的脑子一片空白，失望像潮水一样汹涌而来，我激动的心情一下子降到了冰点。我非常难过地离开了学校。风在马路上奔跑，我久久地在路边踯躅，心说：娘啊，我怎么向你交代呢？

又一阵风，天边涌起了许多云，我的身子有些冷。

这次，很多同学都拿到了助学金。这时，付方海如擎着一面胜利的旗帜来到我的面前。我说，你小子今天是因祸得福啊！

哪知，付方海诡秘地一笑，就炫耀似的向我坦白。

我惊讶。我突然很失望，老师为什么不长双锐眼，去戳穿世界上的假相。付方海偷懒不说，就这么容易地得到了奖励。

付方海还在笑,鸭公嗓音从喉咙里迸射出来。他的眼睛笑成了一条缝,他的牙齿很黄,嘴巴特大,突然,我觉得他丑陋无比。

我的手握成了拳头,可再看到付方海手中的钱时,我的拳头悄悄地松开了。想起药店里的云南膏药,在第八次瞄向付方海手中的那张绿色的两元钞票的时候,心说,你凭什么得那两块钱的奖励呢?接着,就一把把它抓了过来。

抓过钱,我拼命地向药店跑去。

可是,我根本就不是付方海的对手。瘦瘦的我,最终被付方海和同学们追上了,一顿狠揍,我鲜血直流。

一阵晚风刮来,树影婆娑,天很快就暗了。我忍着疼痛,借着微微的天光一瘸一拐地向家挪去。走到一半的时候,我和爹相遇了,爹大惊失色:崽,你怎么啦?

我再也压抑不住了,滔滔的泪水如黄河决堤。

这就是我记忆中的七月八号,茫茫夜海,风虽不大,但也带起一阵阵的松涛。

而今,我的孩子已经成年了,他们在读大学。往事历历,渐渐地,我越来越觉得有必要去告诉孩子,向他们倾诉倾诉,或者还有别的什么。

可是,孩子听了,都怀疑地笑了,他们说:不会吧?为那几张膏药去折腾。

这是抢劫,你傻啊,老爸!

我,无言以对。

像夜莺一样飞翔

嫁给涂二狗,白小雪认为倒了八辈子的霉。

其实,涂二狗人不错,身高马大的,且实在。在一次栀子花开的季节,白小雪相中了涂二狗。白小雪图的是涂二狗有一身力气,并且聪明,认为一定能给娇小的白小雪带来幸福。

哪知,结婚十年后的涂二狗已经不是十年前的涂二狗了。多少个不眠的夜晚,白小雪形单影只地躺在床上总是翻来覆去地捣鼓着她的手机,按着呼唤的号码,但却唤不回涂二狗那颗心。当鱼尾纹爬上白小雪额角的时候,白小雪为了博取涂二狗的欢心,就开始为自己化妆了。但涂二狗却撇着嘴,露出一副不屑的神态。

走到这一天,白小雪是有责任的,确切地说,是白小雪改变了涂二狗。白小雪天生嘴碎,且爱钱,常在涂二狗或外人的面前唠叨,比如说一些你只会和砂浆、你只会卖苦力、老板扔根骨头你也只会屁颠屁颠地捡之类的话。涂二狗颜面丧尽,受不了白小雪长期的唠叨,就干脆不做力气活了,接着就刁奸耍滑,充分地挖掘了赚钱的潜力。于是十年后,他们有了可观的财产。

有了钱,家里上上下下都被白小雪摆置得花团锦簇,一年四季芳香怡人。

十年了,白小雪的肚子从来没有过动静。

每一次打架,都是由白小雪的唠叨而引发。其实弱小的白小雪也只能唠唠叨叨,用白小雪的话来说那是要涂二狗好,可涂二狗不领情,甚至反感。当白小雪再次飞快地蠕动双唇的时候,涂二狗就会赏给白小雪一巴掌或者一脚。白小雪委屈极了,就哭,就骂,哭声和骂声从阳台里飘出来,传得很远。涂二狗把门一摔,走了。

　　这一晚,白小雪又一个人在床上过。凌晨的时候,白小雪才迷迷糊糊地睡去。睡中,白小雪做了一个梦,梦见涂二狗正如痴如醉地抱着一个女人又是亲啊又是啃的。梦做到这里,白小雪醒了,接着就拼命地拨打涂二狗的电话。可涂二狗不接。白小雪又继续努力,再后来,却换来了涂二狗的一声吼:"吵?吵什么吵!"白小雪无语,泪水就从脸上滑落下来,人更憔悴了。

　　白小雪不甘心啊!不甘心的白小雪后来就气势汹汹地问涂二狗:"老打你电话也不接,还吼,什么意思啊?"

　　"没意思。"涂二狗木然地回答。

　　"没意思?没意思你就说说你昨晚干了些什么!"

　　涂二狗赌气,不说话。

　　"偏要你说!"说着,突听"砰"的一声,白小雪把涂二狗最爱的青花瓷瓶就地一摔。

　　乖乖,遍地开花了!

　　十万啊,就这样没了!涂二狗心疼极了,一阵愣怔过后,涂二狗狠狠地朝白小雪一掌掴去。一股热乎乎的液体从鼻孔里流出来,白小雪一摸,是血。这就是我的依靠吗?这就是能给我带来幸福的涂二狗?此时的白小雪也决定豁出去了,于是,她就发疯似的朝涂二狗一头撞去。

　　白小雪不是涂二狗的对手,娇小的白小雪哪会是涂二狗的对手呢?如果上天给他们安排个孩子,那么一声爸爸,或者一声妈妈,白小雪也不至于会被涂二狗反绑着捆在了保险柜上,并且还用纸巾堵上了嘴巴。白小雪痛苦极了,由于呼吸受阻,胸部一起一伏。

忙完这些,涂二狗看着满地的碎瓷,就像霜打的茄子,一屁股坐在了地上,手中拿着瓶白酒嘟嘟地猛灌一气。这时,夜幕垂空了,月光早早地泻进了他们的复式小楼,室内朦朦胧胧的,唯独花香在空气里肆意流淌。也不知过了多久,涂二狗在地上坐疼了,就起身从厨房拿来了一把刀。刀,寒光闪闪,一尺有余,是白小雪去年从超市里花十块钱买来的,用来切西瓜的。但,现在涂二狗却用来剁花。一阵狂挥猛砍,花枝纷纷在涂二狗的刀下落英缤纷。白小雪痛苦地"呜呜"叫着,仿佛砍的就是她。

后来,涂二狗彻底地醉了,"嗷嗷"地吐得满地狼藉,接着便沉沉地睡去。这时,白小雪却异常清醒,她想了很多,又做了很多打算。于是,白小雪就把反捆的双手搁在保险柜的角上悄悄地上下蹭磨。不久,绳子终于断了,白小雪从嘴里扯出纸巾,揉了揉刚获得自由的双手,就起身要走了。

可是,就在白小雪逃出门的一刹那,门意外地响了,涂二狗惊醒,只见他一个鲤鱼打挺就一步蹿了出来,铁塔一样拦住了白小雪的去路。黑暗中,白小雪一转身,就跌跌撞撞地沿梯而上朝楼顶逃去。

这时,夜已经进入了深处,寒星在天穹远远地窥视着他们。涂二狗和白小雪从撕扯变成了厮打,慌乱中,他们都不禁地站在了屋顶的边沿。

此时,一阵夜风吹来,白小雪突然有了种想飞翔的感觉。当涂二狗发觉白小雪有这种举动的时候,已经晚了。

夜色里,白小雪就像一只夜莺一样向夜的深处滑去。

女儿的质问

当突然接到女儿要来见他的消息的时候,他的心随之振奋起来。他一边走一边忙努力地擦拭着眼睛,就怕眼眶里的某些障碍物会阻挡他不能把女儿看个够。

女儿十一岁了,十一岁的女儿从小就体弱多病,亮晶晶的眼睛镶嵌在瘦瘦的脸蛋上显得又圆又大。几个月以来,女儿这双天真无邪的眼睛曾无数次地出现在他的梦里,梦里的女儿不是泪眼婆娑就是怒目圆睁地看着他。

推开门,瘦瘦的女儿如期而至地出现在他的视线里。

"妞妞……"他声音哽咽,眼睛湿润了。

然而,女儿没有喊他。离他两步之遥的女儿就定定地站在他的对面,他看见一丝惊喜从女儿的眼里一滑而过,旋即垂着眼皮木然地看着地面。

他上前一步,向女儿伸出双手:"妞妞,拉拉爸爸好吗?"

女儿不答。

"妞妞,你不想爸爸了吗?"他哀求似的问。

其实女儿的心里正在作着激烈的斗争,当想起今天来这里就是为了要见爸爸的时候,激动的眼泪再也控制不住了,她哭了起来。

他把身子凑了过去。此刻,父女俩依偎着,父亲的泪水和女儿的泪水交汇在一起。

他们就这样哭着,也不知时间过了多久。

他慢慢地捧起女儿的小脸,泪眼中的女儿黑了,更瘦了,但女儿黄黄的头发今天却梳得整整齐齐。

女儿告诉他:"是爷爷给我梳的。爷爷说,来看爸爸要把头发梳好。"

"爷爷好吗?"他问。父亲已经八十高龄了,生活的重担,现在只有压在他的肩上了。

"不好,爷爷的关节炎又犯了。"

想起本来就不富裕的家,他垂下了头:"那家里还有钱吗?"

"没有。"女儿说,"我们好久没吃过肉了。"

听女儿这样一说,他的心就像刀割一样难受,这老老少少在这些日子里真不知道是怎样过来的,还有将来……他内疚地问女儿:"那平时你们都吃什么菜?"

"白菜。爷爷种的,有时我也帮爷爷种。"

"奶奶呢?"他记得屋后的那块菜地平时都是母亲和妻子在侍弄。

"奶奶看不见了。"

"啊!"他一惊,"奶奶怎么啦?"

"你走后,奶奶就天天地哭,把眼睛哭瞎了。"

他叹了口气,木然地看着女儿,心里愈发地迷茫起来。今天女儿的到来给他带来了太多不幸的消息,心想,这个家,是真的完了!

"爸,我想你。"女儿说。

"我也想你,妞妞……"

"我更想妈妈。"女儿又抽泣起来。

"回去要听爷爷奶奶的话。"他嘱咐女儿。

女儿突然想起了什么,从他的怀里挣脱了出来,声音提高了许多:"爸,其实今天我是来问你一件事的。"

"时间到了,走吧!"狱警正正帽檐打断了他们的谈话。

他乞求地望着狱警,希望狱警能多给他们一点时间。

"走吧!"狱警推着他开始往门外走了。

"爸!"身后传来女儿的呐喊声。

狱警回过头来问:"小女孩,你还有什么话要说吗?"

"爸……"此刻,女儿怒目圆睁,但话哽咽在喉咙里久久地说不出来。

此时,他似乎听到了女儿要问的话,身子猛然地一抖,顿了顿脚步,但终归缓慢而沉重地转过身,结束了和女儿的最后一次探视,心想,这一辈子可能再也没有机会看到女儿了!

"咔、咔……"沉重的脚链声。

戴着手铐脚镣的他正被狱警押着走向他应该去的地方。

与桃色无关的新闻

孙南三辈分不高,但他却是旯旮镇公认的最德高望重的人,六十几岁,身子骨还异常的硬朗,走起路来,脚步"咚咚"地响。孙南三是东崮书院出来的凤毛麟角,在小镇上当了十几年的校长,在我们旯旮镇飞出去的金凤凰,比如市委的秘书、县里的局长等等,哪一个不是孙南三手把手地教出来的呢?于是,无论镇上的大人小孩只要一看见孙南三,都毕恭毕敬地喊声"南三公"!

可是，兰香婆却不把孙南三公当公看。

这天，在城里给儿子带孩子的兰香婆又回到了老家。兰香婆一进屋子，就把披头散发的红英像赶狗一样撵了出来。吓得污头垢面的红英三步并作一步地择门逃命，但嘴里还在"吧嗒吧嗒"地嚼着一个饭团什么的。

"跌丑！"兰香婆伤心地骂道。

从此，我们的茶余饭后就多了个话题，并有无数个问号在我们的脑袋里翻腾。

红英是二混的婆娘，养不出儿子的红英被二混打傻了。傻子红英从此被二混赶出了家门，成天就走街串巷地东游西逛，饿了就在垃圾堆里扒食，人们就躲瘟疫似的躲着她。

肮脏的红英怎么今天就钻进南三公的屋里去了呢？二混是他的孙媳妇辈呢！如此种种，我们猜测着，越猜越精彩。心想，孙南三到底还是不是以前的南三公了？

从此，我们心里在逐渐地疏远着南三公，南三公也知趣，常常一人独来独往，闲了就把自己关在屋里不出来。

后来，我们发现红英还频繁地往南三公家里跑，出来的时候，嘴角光鲜鲜的，碰上铁将军把门的时候，她还向左邻右舍的人问："你晓得南三公去哪里了吗？"

左邻右舍就反问红英："你总是寻南三公干什么呀？"

红英就笑笑，笑的时候露出黄黄的牙齿："不干什么。"

"不干什么，你怎么总往人家屋里去呢？"

这天，兰香婆又从城里回来了。接着又倚着院门在找南三公的不是。

她说："你要找女人找谁不好呢？偏偏就跟一个癫人扯不清！"

她说:"你儿子是国家干部呢,我们全家人的脸都被你丢尽了!"

她说:"我要跟你离婚!"

听了,我们就上前去劝说。

这时,脸上比哭还难看的南三公一跺脚:"离就离!没有你还不要过日子了?"

难道离了就跟二混媳妇过不成?我们这样想,想的时候就咂咂嘴,似有不屑。

大是大非我们也不好评说,但群众的眼睛是雪亮的。太阳升了落,落了又升,红英照样一如既往地往南三公家里去,有时出来手里还攥个熟鸡腿什么的,显得很心满意足的样子。

在秋风扫落叶的时候,大华回来了,大华这次撇下了司机,没有坐着小车回家。有头有脸的大华"咚"的一声踢开了老家的院门,屋子里的父子俩压抑着嗓门吵了很久。半晌,大华又"嘭"的一声把院门一摔,气咻咻地走了。

第二天,南三公就病了。很少生病的南三公这次三天没有起床。

二混媳妇就在南三公的院门外守着,看见远远过来的九大伯就问:"门怎么老关着啊?你晓得南三公哪里去了吗?"

"死了!"九大伯没好声地回答。

"不会呀,南三公是好人,怎么会死呢?"红英眨着一双结满了眼屎的眼睛说道。

就在这时,院门突然打开了。

憔悴的南三公手持一根木棒正要对着门边的石狮子虚张声势地挥舞一下,本来是想吓唬吓唬红英,不许她再到屋里来要饭了,谁知,肚子正饿得慌的红英眼前一亮,竟一头迎上来。歪打正着,这一棍正好落在了她的头上!

红英倒下了,血流如注。

闯祸了! 南三公眼前一黑,稀泥一样瘫了下去。

九大伯被眼前的一幕吓呆了! 惊愕的还有我们:晃旮镇出人命案了!

这是一条新闻。新闻震惊了四乡八里的晃旮镇。

不一会儿,警车威严地呼啸而至。

孙南三就这样在众目睽睽下走了。警车带走了陈南三,同时也永远地带走了我们敬重了多年的南三公。

永远的雪儿

母亲一直说她有三个孩子,母亲说她很知足。这一年,母亲刚满四十岁,说的时候,她的脸上露出了欣慰的笑容。这时,鸡笼里的公鸡啼叫了,一缕初晨的气息从窗棂飘进来,煤油灯的灯火在摇曳着,映红了我们的脸庞。

笑是可以传染的。因而,我们都随母亲一起展颜,暂时忘记了生活的愁苦。只有雪儿没笑,并在母亲的床边惴惴不安起来。后来事实证明:聪明的雪儿已经感受到母亲要跟我们永别了,时间就在当日凌晨。

雪儿是条狗。一次,雪儿和母亲在半路上相遇,那时雪儿年幼,且脚上被铁夹子卡住,鲜血流了一地。母亲心生怜爱,把雪儿抱回家,疗伤,精心喂养。渐渐地,雪儿长得健壮英武,母亲把他

叫做老大。母亲没患病之前是大队猪场里的饲养员,春夏秋冬,常年在野外跋山涉水,采摘野菜,母亲在哪,雪儿就在哪。一次,母亲上山摘野菜,一脚踩空,掉进了逮野猪的陷阱里,陷阱五米多深,且遍布芒刺。一声"轰隆"过后,母亲无声无息。但母亲劫后余生,得救了。雪儿在陷阱口折腾了一阵无效之后就一路号叫着把父亲叫来了。回到家,雪儿温顺地依偎着母亲,母亲抚摸着雪儿的头。晚饭时,父亲犒劳了雪儿。我馋得流口水。父亲看我一眼,叫我要向雪儿学习。

母亲走了,该交代的都交代了,特别是雪儿。我们不住地点着头,唯恐遗漏了母亲的教诲和遗愿。两天来,雪儿不吃不喝,蜷缩在那里,痛苦地呜咽着。雪儿病了,从鼻孔里流出的黏液又黄又稠,身体迅速地消瘦下去。父亲疼爱地抚摸着雪儿,急得团团直转。莫非雪儿要随母亲而去?可这并不是母亲所希望的啊!

几天以后,雪儿的病却奇迹般地好了。在那个寒冷的夜里,我们被雪儿那"汪汪"的声音叫醒,父亲当即跳下床,把雪儿抱了起来,我们跳啊笑啊,都在庆幸雪儿的坚强。

八岁那年,我和小妹都背上了父亲为我们添置的新书包要去上学读书了。

吃过早饭,雪儿摇头摆尾地跟随我们来到了学校。可刚进校门就被高年级的同学轰了出来。雪儿只得蹲在校门外远远地看着我们融入校园生活。一直等到放学后,雪儿再随着我们一起去放牛。那时,金门岭山坡上的草甸绿油油的,牛埋头吃草,我们就在草地里翻跟斗、捉迷藏、捉蜻蜓,金银花在风中轻轻地摇曳,夕阳温暖地晒着我们,给我们涂上了一层金色的光晕。

有一次,雪儿跟父亲去合江墟卖山茶油。放学后,天色暗了,他们却没回来。我们看到紧锁的家门,摸着饿得咕咕响的肚子,就沿着那条九曲十八弯的出山路守候。一程又一程,我们走走停停,惶恐在暮色中越来越重。在夜莺开始啼叫的时候,小妹哭了。于是,我们往回走,心想,今天父亲和雪儿是不会回来了!

就在我们一步三回头的时候,我远远地看见雪儿向我们疾步跑来。我们兴奋,空荡荡的心突然有一种被填满的感觉。我们转过身朝雪儿跑去,待雪儿和我们近了,看到挂在雪儿脖子上的那串钥匙,才知道父亲还在后面。

父亲是后半夜到家的。第二天早上,我才发现,父亲的脚已经肿得不能走路了。父亲笑笑,说,路上摔了一跤,没事的。幸亏有雪儿,不然,你们就要在门外过夜了!

雪儿只是不会说话而已,在左右没人的时候,我轻轻地捧着雪儿的头,轻轻地叫声"哥哥"。雪儿扇扇耳朵,翻起舌尖在我的手上温润地舔着,我立刻被幸福填满,心想:有雪儿真好!

正当我像根春笋在节节拔高的时候,雪儿却开始大片大片地脱毛了,眼神黯淡,视线好像已经看不到远方,睡眠的时间比往日也要长了,醒来起身的时候总是踉跄几步才能站稳。父亲说雪儿老了。看着雪儿的老去,我心里很痛。

历史轮回到这里,我们不算殷实的家越来越捉襟见肘,红薯干拌米饭成为我们餐桌上最丰盛的美食。父亲在米缸里撮出一把小米放入锅中,再倒进一瓢又一瓢的清水,烧大火煮,却终不能把米饭煮稠。我们常常在夜里饿醒,一天,我经过医疗室,看见医生手持导管正在给一个吃过观音土的人疏通大便,病人揉着如鼓的肚子嗯嗯地配合医生一起使劲。多少年后我还一直记得那饥饿的情形,一伙人能为几颗野菜而大动干戈,后来,都虚脱地倒在地上。

雪儿毕竟与人类不同,与生俱来的采食本领强,亲爱的雪儿

是否还能够跟我们一起有菜吃菜、无菜喝汤呢？

那夜，父亲趁我们不在家，唤来雪儿，突然把雪儿装进了蛇皮袋。父亲驮着雪儿一直走，一直走，也许父亲认为走得不能再走的时候，停下了。父亲看一眼灰蒙蒙的四周，月光无力地洒下来，苍白斑驳。父亲草草地给袋子打了个活结，就把雪儿留给了远山。父亲说，或许能给你一条生路呢！过后，父亲择另道返回。

天亮了，太阳从山坳上喷薄而出，父亲踩一身露水回来了。不料，雪儿却比父亲先到家！雪儿不怨不恨，竟还撒娇似的俯首低耳摇起尾巴围着父亲打转。父亲苦笑一声，说，真拿你没办法呀！

然而，就在那天下午，父亲接到通知要去大队部。雪儿就忠诚地跟随在父亲的身后，翻过山坳，再走一段蛇行小路，刚进入大队部的大门的时候，就被几个荷棒的人围攻了起来。接着，一顿群棒乱舞，雪儿在惨叫中毙命。他们说，人都要饿死了，你还养狗！

父亲以死相拼，终于把雪儿抱回了家，看到血渍斑斑的雪儿，我们都哭了。后来，我们把雪儿悄悄地埋在了母亲的坟边。记得那时残阳快下山了，血红的余晖涂满了整个山岗，我们怀着沉重的心情，压抑地抽泣，默默地为雪儿添上了最后一抔黄土。为了防止雪儿被人偷，父亲带领我们为雪儿坚守了三天三夜。

谎　言

光阴荏苒，一晃十年过去了。十年，在历史的长河中只不过是短暂一瞬，但是对于他们来说已经由小陈变成了老陈，以前特喜欢穿吊带衫的她，现在也只得望其兴叹了！其实说老也不老，三十出头，四十挨边，生活的磨砺，把他酿成了一坛喷香的陈年好酒。八年的打工生涯也使她成了一位高雅的白领。

那是一个深冬的下午，淅淅沥沥的雨在城市的上空织成了一张网，网中的他在公交车的站台上遇见了一个妖艳的女子。

"先生，去我那里玩一下吗？"

陡一打量，此女子长得细皮嫩肉的，水蛇般的腰肢在他的面前不安分地扭动。

他一阵燥热，浑身突然就像要被一团火烧起来。他已经很久没有沾过女人了，因为她在北方的一个城市上班。

鬼使神差，他跟着女子穿过大街，走过小巷，来到了一个阴暗的房间。

"脱啊！"女子已经爬到床上去了。

此时，他木讷讷的，看着床上裸露的女子，一股厌恶之感油然而生，那团火焰顷刻间熄灭了。

他逃也似的从楼里跑了出来，如释重负地喘出一口粗气。

从未有过的轻松，使他庆幸自己的幡然醒悟，街上此起彼伏的喇叭声此刻也好像在为他唱着一首高亢的赞歌。

"老公……"

这时,他接到了她的电话:"你在干吗?"

"好险呀!"他庆幸自己的清白,迫不及待地把刚才的那一幕告诉了她。

不说还好,一说那边可翻江倒海了。

"天啊,你这个没良心的!"她在电话的那边哭了起来。

很快,她放下了手中的一切工作,当天就飞到了家。于是,平静的家发生了十八级风暴!

这是一场感情风暴,在这场灾难中他们差一点死亡。

庆幸时间是疗伤的好药,随着时光的流逝,她感情的伤口慢慢地痊愈了,善良的她又回到了从前。

她说:"我爱你,老公!"

他也说:"我也爱你,老婆!"只是心里已经冷得没有丁点儿的感觉了。

过了两年,时代变了,他也变了。

这天,他又接到了她的电话:"老公……"

"老婆……"

"你在干吗呀?"

"老婆,我正在看书呢!"其实,他正在看情人那本"书",娇滴滴的情人像水蛇一样缠在他身上。

"老公,你好上进哦,我爱你!"

"老婆,我也爱你!趁现在我还不老,多学点知识,否则会被时代淘汰!"

于是,她听了便说:"好老公!"

他也跟着说:"好老婆!"

刘金财回家

从昨天下午起,刘金财就开始为回家而忙活了。

先是向工地黄老板辞工。胖胖的黄老板一脸的不高兴:"现在的工程这么紧,回去干吗?怕钱赚多了咬手吗?"

怯生生的刘金财旋即落下一副可怜巴巴的样,悄悄地扯了扯好哥儿们王春毛的衣角。王春毛会意,王春毛说:"他没有手机,上午是我接到他家里的电话,他老爸病重,要他回去见最后一面。"王春毛把事情说得有鼻子有眼儿的。

"去去去!"黄老板听了厌烦得用力地挥着手,像在努力地驱赶着一团晦气。

刘金财心头那块悬着的石头落了下来,终于可以回家啦!浅浅的笑意就在他那枸树皮似的脸上荡漾开来。

其实,刘金财七岁就没有了父亲,一直跟母亲相依为命。刘金财三十娶妻,虽然金花是个做了结育术的"二锅头",但夫妻俩倒还算恩爱。因讨活路,两人分居了八百多个日夜,为了能让刘金财脱身去跟媳妇团聚,王春毛也在拼命地替他说谎。

从财务室拿了工资出来,刘金财第一时间想到的就是给媳妇金花买大把的衣服,现在经济有了好转,他要把媳妇打扮得漂漂亮亮的。金花穿牛仔裤可好看了,肥肥的屁股修长的大腿……

刘金财爱自己的媳妇,虽然金花并不算美,圆圆的磨盘脸上还有几块雀斑;尽管金花很懒,总频繁地往王麻子砖窑上跑,不知

为什么,他还是那么宠她。金花最大的缺点就是好打牌,只要往牌桌上一靠就把洗衣做饭的活儿给忘了。可是刘金财还是念她的好,夜里他不止一次地对王春毛说:"我媳妇的皮肤可白了,用手一捏啊,柔柔的,软软的,舒服极了!"说得王春毛心里痒痒的,不住地咽口水。

逛了一上午的超市,刘金财终于给媳妇金花买回了一大包紧身衣服,花了一个月的工资,对于小气又拮据的刘金财来说算大方之举了。

草草地吃过饭,王春毛默默地把刘金财送到车站,看着眼前这位朝夕相处了两年的兄弟,想起昨天的那个电话,酸楚的滋味便涌上心头。

上车前,刘金财最终没有忘记给金花捎去又香又脆的茶叶蛋。她最爱吃茶叶蛋了,一次可以吃四个呢!

开始验票了。"走吧,你要保重!"王金毛嘱咐刘金财。

上了车,找着座位,在落座的同时,刘金财没有忘记又再次摸摸腹部裤裆里的那包钱,这是近几个月来他起早摸黑赚下的钱呢!虽然不多,八千八百七十四块,也足可以使金花欣喜一阵子了。为了能把家变个模样,为了让金花过上好日子,两年来,刘金财黑了许多,老了许多,枯草一样的头发又白了许多。

车开始启动了。这时,夕阳斜斜地从车窗外照进来,疲惫的刘金财半躺在座位上进入了梦乡。这是他经常做的那个好梦,梦里,他如愿攒够了盖一幢大砖房的钱,把金花养得又白又嫩,后来,金花终于铁树开花给他生下了个大胖小子⋯⋯

这个梦很甜也很长,当刘金财醒来的时候,车厢外一片嘈杂。到站了,是一个小站,但他回家的路还很长。

现在刘金财再也不想睡了,归心似箭的他激动得心里像揣着只小鹿,想起明天这个时候就要见着媳妇了,下面便涌起一股盎然的春意。

窗外,灯火通明;天上,星光点点。可是,造化弄人,不知此番刘金财回家后会如何面对残酷的现实,原来王春毛善意地隐瞒了电话的真相,让他为刘金财酸楚的是:金花终究没有等到刘金财带来的幸福,就狠心地撇下老母亲跟砖窑上的王麻子私奔了!

类似情书

山城的夜漫长而凄冷,刘书文已经在白秋云的房门口徘徊了一阵子了。几个月来,刘书文瘦了一圈,精神也到了崩溃的边缘。刘书文给白秋云的表白信已经一个星期了,她考虑得怎么样了呢?刘书文再也等不下去了,于是,他终于敲响了她的房门。

"有事吗?"白秋云眨了眨好看的眼睛。

"什么信?"她好像没这回事似的。

刘书文清了下嗓子:"秋云,我直说了吧,你觉得我怎么样?"

"你上进心不强。"白秋云直言不讳。

刘书文嗫嚅着。

"哦,对了,我还有一大堆作业要改呢。"白秋云分明是不想让刘书文进去。

回到房间,刘书文在灯光下久久地看着玻璃下的那张毕业照出神。白秋云穿着一件红白相间的上衣蹲在照片上,脸上是一副冷漠的表情,但依然很美。看着看着,白秋云竟站了起来对他抿

嘴一笑,说:"我想你!"

刘书文笑了。不一会儿,白秋云又回到照片上去了。他用手在白秋云的脸上轻轻地抚摸着,后来竟把嘴贴在了上面。可不知为什么,他立马又像触电似的抬起头来,还翻着白眼,像暴汉一样愤怒地举起拳头朝照片砸去。

玻璃碎了,四分五裂。

猛然一阵风吹来,没上栓的窗门"哗"地掀开,灯也熄了,房间黑咕隆咚。刘书文坐在黑暗中,一会儿便来到了雾霭翻滚的荒漠上。

刘书文跟跟跄跄地朝前追去,雾真大啊,哪里才是白秋云的身影?

"秋云,你在哪里?"刘书文急得大喊起来。

迷茫的前面便立即传来了白秋云的声音:"我在这里呢,在这里!"

待刘书文跑过去的时候,白秋云又不见了。

他又喊,前面再答,反反复复,刘书文筋疲力尽了,现在他的腿又酸又麻,头又胀又痛,眼冒金星……突然脚下一滑,"啊"的一声栽进了一个无底的洞里去了!

刘书文醒了,原来是南柯一梦。他出了一身冷汗,接着,身体如打摆子似的忽冷忽热起来,从窗外灌进来的寒风,使这个房间快冷成冰窖了!

天亮了,在下雨,从屋檐上掉下的雨珠像泪滴。

愣头愣脑的刘书文来到了操场中央,眼睛暴凸而无光。早起的林师傅看见呆在那里的刘书文便问:"刘老师,你怎么啦?"

刘书文不答,眼睛总是定定地盯着白秋云的房间看。

"下雨啦,不怕冻吗?"

刘书文还是不说话。

林师傅跑过去准备把刘书文拉回来,没想到反被推了个趔趄。林师傅懵了:"昨天都好好的,今天怎么啦?"

这时,白秋云起床了,冒雨她也要去晨跑。刘书文眼睛一亮,忙跑了过去,"啪啪"地给了白秋云两记耳光。

白秋云一愣,捂着打痛了的脸:"刘老师,你怎么啦?"

刘书文并不说话,又"嗵嗵"地给了她几拳。

白秋云柳眉一扬:"你凭什么打人!"

刘书文还不开口,便又踢了几脚。

白秋云哭了:"我们无冤无仇,你,你干吗打我!"

刘书文欲打,白秋云拔腿就跑,刘书文随后追去。白秋云吓得脸色煞白,大叫:"救命啊,刘书文打人啦!"

仿佛全世界的人都惊醒了。刘书文追着追着跌倒在大门口,头上已撞出血来。

刘书文疯了。白秋云哭得很伤心,突然感觉嘴角滚烫滚烫的,用手一摸原来是血,慌忙中从口袋里掏出一张皱巴巴的纸,擦完后一扔。风一吹,刮到了一个老师的面前,展开一看,原来正是刘书文的那封求爱信。

秋云:

直说了吧,我爱你,简直爱得要发疯了!多少天来,我吃不饱睡不香,工作不认真。你不能再折磨我了,我知道你还在生我的气,你就不能原谅我,给我一次将功补过的机会吗?

经过几年的大学生活,也许你把我认识透了,我现在对你的那份情纯粹是可怜的单相思了。

我是多么的痛苦啊,我真的是掉进爱你的海里去了,拉我一把吧,使我回到正常的轨道上来。

夜色凄迷

从酒吧里出来,你叹了口气:"明天再说吧。"

"我不会去的!"我的态度很强硬。其实,你应该知道,这次怎样也改变不了我的决心,三次人流,我的身体已经虚弱到了极点。

于是,你不说话,我也不说话,默默地。

卡里尔城这个花花世界,高楼林立,市面繁华,霓虹灯一眨一眨地晕人眼目。最新的玻璃幕墙,能映出对面的一切,把人也照得变形。

夜是属于有情人的,可是,今晚多可怕呀!

你说:"我们分手吧!"

看着无情但又可爱的你,渐渐地,我的眼睛模糊了。

我哭了,哭声里饱含了太多太多的委屈。

"你总是这样任性,我有什么办法!"

"我不要分手,只想结婚。"

"结婚?哪来的钱?"

真的穷途末路了吗?我陷入了沉思。

"也许,我能想点办法。"

"行啊!"

看着你多云转晴的脸,我心里也舒畅了许多。

"你终于还是有积蓄的!呵呵,瞒不住了吧?"你笑了。

我也笑了,很苦。

其实,我没有积蓄,仅有的那点工资都被你花得一干二净。为了能跟你在一起,我挪用了公司的两万块钱,当你在拿到这沓你认为是我的积蓄开心的时候,我的心却在颤抖。希望你对我负责任,不再让我失望了!

几天来,我都在提心吊胆中过日子,我不敢面对公司的每一个人,幻想着突然天上掉下个金元宝,能把财务上的空缺填上。

可是,元宝没掉,却被会计发现了。当眼镜悄悄地过来对我说,希望你尽快地把钱补上,如果被上面查到了你也知道后果的。"嗵"的一声,我仿佛被炮弹击中了一般。

夜,扑朔迷离;心,空空荡荡。今夜我一人置身在广场中央,木讷地望着德里德喷泉发呆。两万元啊,对有钱人来说只是沧海一粟,然而对我们来讲却可以把婚礼办得风风光光的了。可是现在刚拿出去的钱又急着回笼,天呀,叫我到哪里去找啊!下雨了,草坪上的游人越来越少,冰凉的水珠沿着我金色的发梢默默地落下,街灯很暗,细雨如烟,加深了这座城市的沉寂与悒郁。

我走出了广场,沿着大街踽踽而行,不时看到红男绿女在林荫处相依相偎,停着不动的小汽车里溢出阵阵的浪笑,灯光橘黄撩人情怀的洗浴城门口,招客女眉目传电,暗送秋波。

这时,我看到了雪儿。雪儿是我初中时候的同学,偌大的城市我们几乎很少见面。一身时髦打扮的雪儿刚从泡吧出来,两个大大的耳环在灯光的反射下熠熠发亮。

她建议去酒吧坐坐。

走进酒吧厅,我们在千秋般的椅子上坐下来,要了两杯葡萄酒。如水的轻音乐响起来,使人在记忆里总是浮想翩翩。

是啊,几年来不知跟你在这里度过了多少浪漫的快乐时光。那时,我们慢慢地喝着酒。你说:"你就像杯中酒,又醇又香。"

而我却深情地看你,轻轻地喝一口,再抿一下小嘴,仿佛品的就是你。

我自豪地告诉雪儿:"我马上要结婚了。"

"恭喜你啦!"雪儿说,"我也交了个男朋友,他对我很好。"

"是吗,也该有了,年龄不等人哟。"我感慨着。

"他是个好男人,经常给我钱花。"

提起钱,我舒缓的神经又绷得紧紧的,真是造化弄人,在经济上都是我在为你付出。

"想起学生时代,我们都穷怕了。"雪儿在怀旧。

雪儿好像交了个很有钱的朋友,举手投足之间无不在昭示与贫穷告别的信息。

"要不叫他过来我们一起认识认识吧。"雪儿说。

也好,说不定,雪儿能帮我解救两万元的燃眉之急呢!想到这里,阴郁的心又豁然明亮起来。

但是,万万没有想到,雪儿一个电话过去,你进入了我的眼帘!

天啊,怎么会是你?!你就是我相爱了三年的恋人吗?

此时,世界仿佛静了下来,你的出现,让我们都定格着一张惊愕的脸。我颤抖起来,顿时坐在那里竟说不出一句话。

我想,什么都完了。这时,肚子里的那团东西在缓缓地蠕动,亲爱的孩子,你是一个孽种啊!

我不知道自己是怎样从酒吧里出来的。

天,还在下雨,冷冷的雨和痛苦的泪汇集在一起,世界所有的痛都在向我袭来,我的心开始滴血。

于是我狂跑起来,狂跑在这魂断的城市里,狂跑在这无法逆转的时空里。

夜,凄凄迷迷,心,空空荡荡,猛烈的足音似乎正在敲打着无法预知的未来,悔恨至极的我全然没有注意到前方一辆恶豹似的汽车正狰狞着一双眼睛向我扑来……

梦寻小妹

小妹跟母亲一样个子不高,一笑起来脸上就旋起一对非常好看的小酒窝,她常说:哥哥,你真棒!其实,做哥哥的我并不出色,只是比她多读了几年书罢了。那时家境不好,尽管小妹很恋学,但上到五年级父亲就让她休学了,听得出来说那句话的时候有几许不满掺杂其间。

这些年,我经常翻出小妹的那张照片,看后,双眼又不禁湿润起来。许多个晚上,我多次见到小妹翻越了那座大山向家走来,红彤彤的脸上布满了细密的汗珠儿,齐腰长发梳得是那样的井然有序,一件毕叽蓝外衣穿在身上虽然有些过时与宽大,但很干净。近了,一句亲切的"哥哥"总是叫得我心花怒放。

说来现在有的人不相信,都十一岁了,小妹还跟我同一张床睡觉。那一晚母亲因为分娩痛苦了一夜,年幼的我们就谈论了一宿是生小妹妹好还是小弟弟好的话题。

小妹说:"妈妈生个妹妹就好,不然我就更没书读了。"刚休学了半年的她,自然是想重返学校。

而我最希望母亲能给我生一个小弟,大人们都说抬轿也离不开俩兄弟,何况我在学校总被别人欺负,当用得着的时候也好帮哥一把。争来争去，天都亮了，母亲也没有给我们一个结果。母亲难产了，父亲正张罗着要把母亲抬到镇上的医院去。

那时，我迷上了小人书。每当父亲给个三毛五角的要我去买肉片汤喝，我全拿去买小人书了。暑假当我抱回一沓小人书的时候，小妹高兴得"啪啪"地直拍着巴掌，她总是摸了又摸，每夜都挑灯至深夜。也许爱之心切，在小人书的扉页她也写上了自己的名字。

十几个冬去春来，小妹已经十六岁了，油黑的大辫子在小妹婀娜的腰间飘来荡去。这时，小妹已经能为家里独当一面了，煮饭浆衣，养猪种菜，样样拿得起，做得好。

这一天，是我第一次离家去城里上高中的日子，因要赶早班车，我起得很早。不想，小妹比我起来得更早。洗漱完毕，两碗热腾腾的饭藏蛋就端在了我和父亲的面前，并还特意地在我的那碗饭里埋了三根葱。小妹笑了笑，调皮地朝我眨眨眼，说："聪明到底！"

我知道那是向母亲学的。那时，母亲已经离开我们三个年头了。

在晨色熹微中，父亲陪我上路了，小妹就在村头用不舍的目光送着我。走了几步，我回过头来，看见小妹身子一抽一抽的，小妹哭了。面对着那双泪眼，我鼻子一酸，赶紧把头转了过去。

我高考结束的时候，小妹恋上了村里的一个小伙子。小伙子姓李，梳着小分头，小妹走到哪，小李子就跟到哪。

对于这门亲事，父亲一直是持反对意见的。可是，女大不由爹，也就只能由着他们了。

半年之后，小妹的肚子渐渐隆起。遗憾的是小妹似乎才如梦初醒，一天夜里，她悄悄地对我们说："越来越觉得他不好。"

父亲一听，就火冒三丈起来："都这样了，你还有回头路吗？"

一句生气话,却造就了我和父亲永远的痛,英年早逝的母亲,小妹步了她的后尘。从此,父亲背负着深深的自责。残酷的现实告诉我,我们愧对小妹,今生今世我们只有在梦里去寻小妹了!

又见到小妹。

小妹有一对非常好看的小酒窝……

纸　鞋

姚元广生前有很多双鞋,但走的时候母亲居然让他光着脚上路。

几个月以来,姚元广一直是低着头走路,默默无闻地做事,他不敢看别人,尤其是母亲的脸色,眼神是无助的,或者愧疚。别人也拿异样的眼光剜他,仿佛要剜穿他的心和大脑。这时,姚元广已经是六十岁的人了,岁月的痕迹过早地爬上了他的脸颊,霜发正在昭示他生命尾声的到来。

其实姚元广很聪慧,母亲四十岁的时候相中了还是光棍一条的姚元广。姚元广很会过日子,因为他精打细算,还能把工分算得八九不离十;姚元广有一个强健的体魄,别人咽不下的糠粑粑、嚼不烂的芥根菜皮,姚元广都能有滋有味地吃个肚子圆。四十五岁的一个夜晚,姚元广就着月光走路,送粮的担子压在肩上"呀呀"作响,突然脚下一滑,连人带担子一齐滚下了二十多米深的山崖。但那一次,姚元广没有死,但负了很重的伤,母亲看着卧床的姚元广,眼泪鼻涕就一齐往下掉。

从此姚元广做不了力气活,就试着编织篾器。后来,姚元广的兔笼子鸟笼子越编越好,因此,我们的生活也芝麻开花节节高了。姚元广五十八岁的时候,二哥考上了大学,在晨光中,姚元广拿出一盘大大的爆竹,从家门口一直摆放到了二哥上大学去的岔道口,在"叭叭"的喜爆声中,我们跳啊笑啊,母亲的脸上就菊花绽放。第二年,我们家添员了,大哥娶亲难的问题得到了解决,我终于有了嫂子,姚元广的笼子也编得越来越欢了。

可是母亲病倒了。手术后的母亲留下了难以启齿的遗憾,每当看到姚元广那闷闷的忽明忽暗的烟锅,母亲就很内疚。但是,姚元广却笑了,他说:"少年夫妻老年伴哩,我们都六十岁的人了,还想那档子事干吗?"于是,母亲就放心了。

一天,母亲跟花婶赶集回来,给了姚元广一个惊喜,并变戏法似的在姚元广的眼前亮出了一双皮靴来。锃亮锃亮的靴子里面还镶着鸭绒,姚元广笑得嘴巴都合不拢,当即穿上就在母亲的面前喜滋滋地走。

但谁也没料到这双真皮靴后来留给了母亲剜心的疼痛!

记得那是个芦苇开花的季节,姚元广吃过晚饭又说要去滩上下套逮狐子,出去很久都不回来。半夜,母亲被花婶家的声音吵醒了。

花婶是我的奶娘,因我是喝着花婶的奶水长大的。那年,我与花婶夭折了的小孩子同一天来到世界,母亲的乳房小而瘦,花婶的乳房却又大又美。于是,我就在两种不同的乳房的呵护下健康成长。后来,花叔短命了,姚元广就极力地给她们关照,花婶做了好吃的也忘不了要给姚元广留一口。二十多年过去,花婶的独崽很有出息,还在繁华的城里成了家。但花婶就是不去独崽家住,花婶故土难离!

不一会儿,姚元广就气喘吁吁地夺门而入,这时,母亲突然看见姚元广是光着脚回来的,就惊奇:"你的鞋呢?"

"丢了。"姚元广慌了。

其实,姚元广的那双真皮靴是落在了花婶的房里,这一夜被从城里潜回家的独崽驱赶得慌不择路!

第二天一早,独崽就左手攥着一把刀,右手拿着姚元广遗落的鞋来到了我们的家里。那时我们正在吃饭,姚元广看到独崽的突然到来抖了一下,母亲就拿眼恨恨地剜他。独崽在众目睽睽之下指桑骂槐地臭骂了一顿之后,就无情地挥起了那把刀,并及时地把姚元广的那双真皮靴剁了个稀巴烂。

这是一个羞耻的早晨,面对着独崽的凶狠,我们却显得那么的无助,姚元广更是无地自容。

在中午的阳光还在犯蔫的时候,花婶终于撇下了难离的故土跟独崽进城了,甚至没跟乡亲们道一声别。姚元广从此也好像被人抽了脊梁骨。禾熟一日,人老一年,这一年,姚元广的心脏病复发,不久,就撒手人寰了。

念于姚元广对我们立下了汗马功劳,在姚元广入殓的时候,我们都哭着哀求母亲给姚元广一双鞋穿,可是母亲却不肯。

龙伯也劝:"他婶子,元广给你们家供大了一屋娃,你总不能让他赤着脚上路吧?"

可母亲还是那句话:"他的鞋丢了,不知道珍惜鞋的人,死了还要鞋干什么?"

就这样,姚元广光着脚来,又光着脚去,给我们留下的是一个温暖的家。

斗转星移,母亲已经年过花甲了,漫漫人生路,似乎使她悟出了什么。这些日子她总是唠叨着姚元广的好,每当大雁南移冬天来临的时候，她就跟老天爷急，还自言自语地说："天寒地冻的，把孩子他爹那双脚冻坏了怎么办？"

几经苦思，母亲终于产生了一个念头。接着她就买来彩纸，剪好鞋面和鞋底，再裱成鞋型，与纸钱一起要烧给姚元广。母亲的想法得到了我们的拥护，于是，我们就和母亲一起捧着精心剪制的纸鞋，还有大大的一沓纸钱，来到了姚元广的坟前，面对着纸鞋和纸钱在火苗中燃起，心想：继父再也不会没鞋穿了！

云雾天使

一阵山崩地裂之后，山城就在繁华的喧嚣中呜咽起来。路已经不通了，灰蒙蒙的尘埃一如一块巨大的阴霾笼罩在这座山城的大街小巷。

还好，营业厅的房子还安静地矗立在太阳底下，一点没有坍倒的迹象。可是人走楼空，我都喊破了喉咙也依然没有听见你的回音。已经是下午五点钟了，你去哪里了呢？世界上的网络仿佛都在今天两点多的时候中断了，除了寻寻觅觅，我再也想不出找你的办法。对面的那家音乐茶座的那块"好水好茶好心情"的牌子斜斜地挂在断壁上，被风一吹，摇摇欲坠，随时都有可能掉下来。挂在门框上的几串风铃一直唱着叮叮咚咚的歌，但不悦耳。倒是街上的嘈杂声使人心慌意乱。

你最爱喝茶了，一盅青川云雾能让你久久地回味绵长。感谢茶，让我们有缘走到了一起。

你说:"先生,你喜欢喝云雾茶吗?"

我嘿嘿一笑,不好意思地告诉你:"我还没喝过呢。"

"茶不在贵,清香浓郁就好!你尝尝吧。"说着笑容可掬的你就利索地递来一小包试品的青川云雾。

"你是推销员?"

你自信地点点头。

于是我们就在那个平淡无奇的下午相识了。

婚后的生活,使我一直在你清香浓郁的熏陶下幸福着。

当看到残壁上的那半拉子招牌,我的心头就像压了块礁石。那营业厅就是你的工作室啊,今天你该不会又到对面的茶座里去了吧?我知道,你是那里的常客,以往的业务洽谈你总是选择在舒适的环境下进行的。几年的商海搏浪使你逐渐成熟,百分之八十的订单都在你清澈的香茶中搞定。

救援队伍来了。有人捶胸顿哭,有人跺脚大笑,也有人像我一样声嘶力竭地干号。

庆幸的是我终于找到了你,找到了改变着我一生的云雾天使!你在茶座的临窗边上坐着,尽管破碎的茶具洒了一地,你手里还紧紧地攥着那份茶叶订单,描得细细的柳叶眉下面是我吻过千百回的丹凤眼,此时,仿佛正在向往着明天的辉煌。今天,天地瞬间的起伏变化,使喜悦和憧憬永远定格在你最开心的刹那。

你说:"我会让我的云雾香飘世界!"

看着充满自信的你,想起我们已经拥有的初具规模的茶林,还有技术团队,我想:"一定会的!"

然而今天……

今天,签单后浓浓的喜悦包围着你,它转化了一种动力,在2008年5月12日的今天把优秀的你推向了冥冥的天堂。

刀削面

蜂飞蝶舞，百花飘香。娘离开我们已经几十年了，但今天我还是想再说一说娘与刀削面的故事。

其实娘做的饭菜并不可口，有时在菜中放了油就忘记了放盐。娘小时候爬上树去摘石榴，一失足，哗啦一声掉下来，把脑袋摔坏了。

不知为什么，爹却偏爱吃娘做的饭菜，特别是刀削面。娘有一双跟女人不相称的粗糙大手，娘用揉、搓、拽的方法能把面粉变得非常筋道，待锅里的水一开，面团就在刀的飞舞下被娘削成了细条儿，起锅后，醮上香麻油，非常好吃。

在爹参军的那天，娘花费一个上午的时间给爹做了一碗刀削面，面上还撒了葱花、香菜。爹吃得极开心，在把刀削面吃到一半的时候爹就把碗撂下了，给我，或者给娘留下了半碗刀削面。这时，窗外正飘着雪花，呜呜的北风打着旋，灌进屋来。爹深情地看了我们很久，牙一咬，就一脚踏出了家门，从此，远离了家的温馨。

后来，我非常怀念这半碗刀削面，那碗里还残留了爹特有的旱烟的味道。

爹走后，我们再也没吃过刀削面了。在接下来的日子里，野菜成了我们的家常便饭。天长日久，为了爹，娘已经攒了一小袋面粉。

有了面粉，我想吃刀削面的欲望逐渐增大。可娘不给，娘说，等爹回来再吃。

爹啥时回来呀？

打完仗就回来了。

于是，我巴望爹快把仗打完。

记得那一夜的雨很大，电闪雷鸣，很吓人。除了雨声，我们隐约地感觉门外还有另一种响动。

娘侧耳听了听，一丝惊喜浮上了娘的脸颊，娘说，队伍回来了，说不定你爹也回来了呢！

我高兴了，就一骨碌爬了起来。

可是，迎来的不是爹，而是地狱的钟声。

原来，我们村子闯进了一支溃军，白狗子一进村，老百姓就遭殃了。嘭的一声，我们的柴木门撞开了，娘护着我无助地躲到了屋角里。很快，我们的炕被占领了，有的还翻箱倒柜地找东西吃。这时，娘好不容易攒下的那一小袋面粉也被翻了出来。我哭了。

接着，我被拉开了。同时，娘被无情地拉到了炕上。从此，在这个世界上我知道了什么是奇耻大辱。

末了，娘捋了捋散乱的鬓发，说，我给你们烧吃的吧！

我看着娘，眼里含着怨。但娘漠然。

村子在鸡飞狗跳中天亮了，炊烟在我们的屋顶上痛苦地扭曲着，天边浮着一抹血色的云。我一边给灶膛里添柴，娘就一边飞快地给锅里削面。

炕上的溃军闻到了香味，呼啦一声，都围了过来。娘说，熟啦，吃吧！

溃军说，你先吃。

娘真的先尝了尝。末了，娘还舔着舌头，说，怪香哩！

后来，娘拉着我一出家门，就狂奔起来，不一会儿，家里就传

出了鬼哭狼嚎的声音。

娘笑了,而步子却踉跄起来,此时,大滴大滴的汗珠在娘的额上渗出来,娘双手痛苦地抓着胸口,一字一顿地说,孩子,快逃吧,我在锅里下了耗子药!

这是娘在生命的最后做的那一次刀削面,虽然不算好,但我们都觉得非常精彩!

小　桥

有一条河贯穿了我们的村庄,河面不宽,十余丈的样子,清澈的河水透明见底,日日夜夜,奔流不息。

河把村庄劈成了两半,像一刀切开的西瓜,汁液滴答,永远没了完整性。河水不深的时候,人们挽起裤腿,常常能到河对面去做些事情,走亲访友,或者拉拉家常。可到了发大水的季节,小河转眼就变成了一条江,浑浊的水打着旋涡。

小桥十八岁的那年,就是涉过这条河,从此走上大路去南方打工的。

爸爸给她驮着袋子,父女俩互相搀扶着过河。编织袋里装有小桥的换洗衣服、鞋子,当然,还有梳子和一面小镜子。为了省去不必要的花费,爸爸把小桥在家盖的被子也带上了。那时,春天正轰隆着响雷,雨早一阵晚一阵地赶着,河水过膝了。小桥人矮,为了不浸湿衣服,只有把长裤脱了,白嫩的腿儿在水里浸着,有一丝丝入骨的寒冷。就要离开家乡了,小桥咬着嘴唇,泪水在眼眶里汪得满满的。

小的时候,小桥跟小伙伴们在这条河里洗过澡,摸过石斑鱼,顺着河水,用小石子打过水漂。石斑鱼的肉又嫩又滑,吃过,数天后打的饱嗝都还是香香的。妈妈在这条干净的河里给全家浣洗衣服,洗出来的衣服,小桥穿在身上特别舒服。

然而,十五岁的夏天,涨端午水,土伯的独崽就是在这条河里丢失了性命。

每年端午节的晚上,土伯都要来到河边烧纸,同时燃起三根香,烟袅袅地,纸火映红了他那皱巴巴的脸,眼里泪水涟涟。

曾几何时,人们希望这河上有座固若金汤的小桥,能给大家的出行带来便利。

老村主任免职,新村主任上台后,经多方奔走,终于争取了一定的资金,同时,村里还收到了一笔匿名捐款,这项民心工程很快就启动了。

开工的这天,村民们敲锣打鼓,像过年一样的高兴。

可是,好事多磨,在建桥的过程中出现了情况。

首先是李半仙反对。这天,李半仙要去给别人看宅基地,正好要过河,看到河面上在修桥,当即吓得不得了,他一路叫着走过来阻止,他说,能架桥早就架了,还轮得到新村主任称功道劳吗?破坏了风水,两边的村民出了灾祸,谁来负责?

这时,老村主任突然发现,桥正对着他家的大门,于是火冒三丈,责令马上停工,并要找来新村主任,决定把他骂个狗血淋头。

土伯想起儿子的死,喉咙不禁又哽咽起来。

当听到由于资金不够,由原定四米的桥面压缩成了两米二的时候,有人更是义愤填膺,或者怀疑有人转移了修桥的资金,装进了自己的口袋。

吵吵嚷嚷的,河边上乱成了一锅粥。

工程被迫停止,施工方不干了,老板要收取违约金。

新村主任焦头烂额。就此,乡里组织了协调小组,整天整日地跟村民做思想工作。开饭的时候到了,于是,该吃的吃,该喝的喝。到了仲夏,进入了汛期,至此,桥墩没立一个,修桥的资金却花了不少。

一场大雨下来,天翻地崩,小河很快又成了一条望而生畏的江,人们只能眼巴巴地望着河对面,农活不能干,河对面的亲戚不能走,这时,人们是多么盼望这河面上能有一座桥啊,哪怕是一座小桥呢!

说起小桥,人们不禁就会想起在南方打工的小桥。一晃七八年过去了,小桥成熟得像秋天的番瓜那样丰满,高高的胸脯,修长的大腿,如浪花一样翻卷的黄头发。这些年,小桥给家里寄了很多钱,我们村里那栋最高的房子就是她家的。每当对别人说起小桥,她爸爸的脸上就像贴了金一样灿烂。

可是,小桥回家的次数越来越少了,自从城里的小桥有某种传闻飘进了她爸爸的耳朵里,小桥爸爸就压抑着自己,再也不在村里人的面前小桥长小桥短了,仿佛要把小桥从心底里忘掉。

小桥最后一次回家的时候,是在暖风沸扬、芦苇开花的季节,大片大片的杂草正在疯滋暗长。人们看见性感的小桥笑得是那么勉强,高跟鞋虚虚地敲打着村庄的石子路,狗对她远远地狂吠着。

走到河边的时候,正是早晨八九点钟的样子,一股薄雾在水面上弥漫,太阳从东边的树林里跳上树梢,斜到河里折射出梦幻般的光。小桥的后面紧跟着一个秃头的男人,男人喜滋滋的,肩上抠着一个不土不洋的包。小桥挽起裙子正要下水,秃头忙拉住小桥,在小桥的面前俯下身,硬是把小桥背过河去。有人撇撇嘴,捂了嘴就笑。

冬天来了,小河裸露了河床,有很多鹅卵石露出了水面,一股细小的水在河的中间汩汩流淌。人们忘记了大水季节的艰难,现在穿着鞋即可一跃而过,来去自由地去做着各人的事情。

关于修桥的问题目前仍还在商榷之中。

可有谁知道呢,那笔修桥的匿名款正是小桥捐赠的。此时,南方都市的夜晚正灯火阑珊,小桥和她的男人正为订单的最后期限而忙得喘不过气来……

丙牯大叔

当我母亲从屋后山上捡回蘑菇的时候,丙牯大叔和我们就走进了三月。这时,我的家乡风爽爽的,渠坡上绿成了一片,野草莓红了,我们咬一口,甜掉舌根。太阳渐渐地热起来,趁祖母不注意,我常常扒去外衣,脱掉鞋子,细细的脚丫子踩在田间地头。

晴朗的天,我们最野。饭点上,整个屋场都在响着唤我们吃饭的声音。正玩得入迷,突然一声"打屁股"把我们吓了一跳。这时,我看见憨憨的丙牯大叔向我们走来,边走还边跺着脚。但我们并不怕他,就一致高唱:"丙牯丙,是蠢蠢,捉不到,气死你!"

唱过,就疾跑起来。端阳腿短,被丙牯大叔一把逮住,两腿一夹,说句"不跑?没大没小!"就脱掉端阳的裤头,蒲扇似的巴掌就在他的屁股上虚张声势。

可端阳死不悔改,下次还唱。

丙牯大叔特别爱跟孩子闹着玩,玩时,我总是看到丙牯大叔的两个嘴角开心地歪向耳根。

可是,现在丙牯大叔已经长眠在五梅山上了,那是一块坐北朝南的山坡地,冬暖夏凉,非常适合离世的人安息。我的家乡不是一个很有名气的地方,通往那里的路很不好走,一到雨天,非常不堪。值得一提的是,从我们山窝窝飞出去的凤凰有很多,有的当了官或做了老板,但他们都很少回家,或者不回家。可不知为什么,他们临终的时候却又想起了家乡,说家乡就是他们的根。于是,在丙牯大叔新坟的上方下方,左左右右,又有了新坟。

丙牯大叔虽然个头矮了点,但他五大三粗,能帮丈夫不在家的桂花在一天之内把一百多包稻谷背回家。在我的家乡,收割机的速度是惊人的,往往一大片金黄的稻穗,转眼就变成谷子装进了编织袋。这时,需要帮助的多半是留守妇女和老人,为了把家守住,他们承受着超负荷的体力劳动。丙牯大叔性情木,心地善良,给乡亲帮忙是不计酬的。有一次,丙牯大叔担着两捆小山样的秸秆在长满野草的路上移动着,进村后,咚的一声放在三爷爷的茅屋门口。那时我想,丙牯大叔力气真大啊。现在我才明白,丙牯大叔那次挑着的不仅仅是两捆茅草,而是我们的整个村庄。

在打工成为一种潮流的今天,我的家乡严重的阴盛阳衰。三十岁丧妻的丙牯大叔成了秋婆的一块心病,夜里,秋婆把丙牯大叔看得紧紧的,生怕他有非分之想。后来,我的父亲要领上丙牯大叔出门去奔更好的活路,父亲说:"只要你肯用力,工地上的钱好赚得很。等你有了钱,老婆就回来啦!"丙牯大叔舍不下秋婆,丙牯大叔说秋婆是八十岁的人了。说后,眼睛就红红的。

最难忘的是那次大火。熊熊的火焰映红了半边天,夜色下,我的家乡在哭泣。丙牯大叔一边指挥着男女老少挑水救火,自个儿就上房揭瓦断开火路。由于强劳力少,时间一长,丙牯大叔终于体力不支,从屋檐上摔了下来。

丙牯大叔摔瘫了半边脸,不知为什么却打开了心的另一扇门,从此,他的鼻子非常灵敏。

丙牯大叔的鼻孔很大,嗅觉极好,特别是鱼腥,在几十米远的地方,他就能嗅出鱼群的到来。每年水库泄洪,在低洼的河道里,他都能挖到很多鱼,大大小小,挖得最多的是草鱼。水库里的草鱼随波逐流,易逃。

在每年的五月,我的家乡就进入了雨季。起先,成天呜呜地刮着南风。隔日,天就像口大锅,渐渐地往下扣,天和地的距离越来越近。

我喜欢看丙牯大叔磨鱼镢头,见他磨一会儿,就用手在刃口上刮刮,再磨,一大一小,轮番着磨。那是一把弯成45度的鱼镢头,还焊上了铁把,岔开的铁指像一张嘴巴。丙牯大叔站在河边上,如鱼群到来,就一挖一个准。

自从丙牯大叔有了用镢头挖鱼的绝活儿,每年汛期的到来,我的家乡都会像过年一样高兴,这不仅仅是因为能看到泄洪的水涌进了老河,汹涌澎湃,如万马奔腾的场景,更重要的是因为有鱼挖,能改善生活。丙牯大叔挖来的鱼从来不卖,都是东送一家西送一家,因了丙牯大叔,在水库泄洪的日子,我的家乡总有期待。之后,每家每户都会飘出鱼香。

有了丙牯大叔的揣测,暴雨不请而至,再加上电闪雷鸣,雨就在屋外倾流直下,满世界的水声灌满了我们的耳朵,在地上溅起无数个精灵。

第二天,风止了,雷雨下成了哑巴雨。丙牯大叔说这种哑巴

雨一下就会好几天。当雨停了的时候,我们听到了一种仿佛从天际传来的咆哮声。

水库泄洪了!

乡亲们自然又来到了河丫道的一处落差口,这是丙牯大叔挖鱼的老地方。每次泄洪,鱼都会挤出栏栅随洪水从高处跌落下来,冲昏头脑。这时,丙牯大叔就手起锸落,狠挖不止,总是收获多多。

然而这回,丙牯大叔在落差口站了半天,大鼻孔也没嗅出鱼群到来的气息。桂花问他怎么了,丙牯大叔急啊,说,今年泄洪,恐怕全村要吃斋了!

于是,他们沿水而上,想去看个究竟。在泄洪口,丙牯大叔看到了一张像天神似的电网,电网牢牢地扼制想外逃的鱼群,管理人员优雅地抽着纸烟,朝我的父老乡亲喷出一股作呕的烟雾!

失望啃着丙牯大叔的心。

第二年,丙牯大叔不再盼着涨水去挖鱼了,在南山脚下,他跟乡亲们一起挖了一口大大的水塘,想试着养鱼。

可是,当他五十五岁的夏天,一次意外,丙牯大叔走完了他一生的路。那天,风雨弥漫,我的家乡从来就没有如此的悲痛过,男女老少,人人都哭了,都说:老天,你怎么不长眼呢,这么好的一个人……

最后乡亲们把丙牯大叔送到了五梅山上,人们默默地在他的坟包上添上更多的土。

为年痴狂

年过半百的我,对过年的兴致淡了许多,虽然没有父母那样受苦受难,但几十年一路走来,真的是风雨飘摇。现在,如果有谁一定要问我,最想要的年货是什么,我会毫不犹豫地告诉你。

虽说钱是万恶之源,有人视它如粪土。可我觉得它就是我的爹我的娘,我的生命之泉。

入冬,我们种田人该收的都收了,因为离集市远,瓜果蔬菜,说多不多,说少也不少,吃不完的就只有烂掉,然后倒进田里,让它重归土地。稻谷晒干,就装上了汽车,让金黄的谷子变成一沓百元大钞,接着被生活起居、人情世故的需要,在指缝间逐渐溜掉。

秋后,工地老板最好发财,这时,他们能招到很多出一份钱干两份活的青壮年工。因为钱,我卷起铺盖、提包带裹地奔向了城市。

天好冷了,我在工地上一次和两包水泥,砂浆搅得又匀又快,监工常常看着我在脚手架上爬上爬下。我把记工本看成一坨金子,小心翼翼地放在上衣里面的口袋。看着工期一天天地增多,我喜笑颜开。

年在向我召唤,我心情恬然,蹦蹦跳跳的是那些孩子,他们盼来的是更多的热闹和惊喜。

我的孩子已经长大了,二十出头的年纪,穿着廉价而时尚的

衣服,青春痘在他们的脸上张扬着。从农村到城市,历经了十多年的教育,他们不再满足过年的新衣、新裤、小吃、肉食,眼看新一年的学业又要开始,担心我能不能按时给他们缴纳学费,或者买上一台配置更高的电脑。孩子是懂事的,可都市的潮流、物资的诱惑,又使他们总是心神不宁,思绪游移。接过孩子吞吞吐吐的电话,我拍着胸脯,信誓旦旦地告诉孩子:有爸,保证没问题!

朔风刮过,下起了雪。白净的雪,像精灵一样在我们的四周舞蹈,我们拿起砖头一块一块地砌向天空,我们呼出热气,让彼此变得更加温暖。偶尔有人从工地旁走过,看到那缩头缩脑的模样,我们不禁"扑哧"一笑。

我的父亲更老了,背驼了,皮肉在他的脸上别扭地纠缠,夜里总是失眠,白天的风使他无处躲藏。快过年了,我决定给他购置一件皮袄子,里面镶有厚厚的驼绒的那一种。父亲健康、生活舒适是我最大的心愿。

街上,今年的红枣特别贵,但质地很好,甜,小小的核,肉多。都说"一天两枣,青春不老",我想好了,过年给老婆称几斤回去。批发最合算,几个工友合着买,亏不着。小的时候,我也爱吃红枣,核很大,有一次核卡在喉咙里上下不得,急得全家人都为我着急。今年的红枣核小,怪不得贵,值。

老婆一年之间似丑了很多,脸色黄黄的,脸上还满是皱纹。我不愿她老得如此之快。老婆的肠胃也不好,不知为什么,上厕所一蹲就十几分钟,像总也拉不完似的。我去问医生,医生说:吃红枣啊!我想,吃红枣是必须的。

其实,老婆以前是很漂亮的,像一颗小白菜,人见人爱,可是她却嫁给了我。我不能对不起她,过年了,必须给她买红枣。

天空,终于放晴了,有阳光的日子真好,仿佛人的心里也一下子透亮了许多,街上人来车往,我一边干活一边暗自得意地想着过年。

我终究是不能在这里长久待下去的,属于我的地方在远方。远方的那座雄伟的三母山脚下有几口闲置的水塘,水终年不缺,我想,它很适合养鱼。吃草的草鱼,在城里是很好卖的,如意算盘打下来,我的孩子再也不会担心我没钱给他们了。

据说,现在时兴喝"牛栏山"酒,"牛栏山"不仅醇,而且香,多喝了不头痛。我没喝过。过年,怎么着也得先买上几瓶给村主任送去吧,求他一定要把池塘承包给我,好为明年的收入做打算。

想完这些,干活的时候,我更加卖力,阳光在我的头顶上照下来,我干劲倍增。

列车轰隆着从东边驶过,夜是属于我们的,如水的月光在工棚外肆意流淌,一股寒意在棚里横冲直撞。此时,我跟工友们一起打着轻微的鼾声,做着甜甜的美梦,我梦见我最想要的年货正一件件向我飞来……

亲爱的老婆、孩子,你们知道吗?

照 鱼

我喜欢吃鱼,老师说吃鱼吃得多的人脑瓜儿聪明。我不知道自己到底聪不聪明,反正记忆中的我是吃过很多鱼的。

特别是泥鳅。妈妈做泥鳅菜肴的方法有两种,一种是油煎,一种是水煮。油煎的泥鳅多半是放在饭盒的夹层里让我带到学

校去。我最爱吃妈妈做的水煮泥鳅,妈妈做的水煮泥鳅很独到,说出来,你就学会了,觉得它就跟一加一等于二一样。唯一一点要求就是要泥鳅在水桶里喝足鸡蛋黄,再给锅里添上水,让它们在锅里与香油、姜末、辣椒大集合,燃起火,香气就出来了。袅袅的香味儿溢出锅盖,霎时变成一条条引馋的虫子钻进鼻孔,使我们连打三个喷嚏。这时,我满嘴生津,大有垂涎外流之势。

  在我的记忆中,每年的寒假胖头鱼都在忙,除了帮家里打猪草外,就是备松烛。胖头鱼是打猪草的好手,山上水里,半天的工夫,就能肩挑手抠地满载而归;松烛也备得不赖,且识货,枝条从高高的树上扒下来,放入炉子里烧得分外地旺。

  胖头鱼的身板长得跟他老爸一样壮实,胖头鱼是我们班里的大力士,场里拔不动的狼尾草或翻不起的石头,只要他"嗨"的一声就能如我们愿。胖头鱼的脑袋比一般人大,亮亮的额头总是在人们的眼前肆意地凸着,因而就有胖头鱼的外号。开始的时候,胖头鱼总是跟同学急,幸亏后来我帮他挖掘出了"胖头鱼"的内涵。当左右没人的时候,我说你头大证明你脑浆多,脑浆多就证明你点子多,点子多的人就是聪明人。如此一开发,直把胖头鱼的眼睛乐成了一条缝。其实胖头鱼的成绩不怎么样,有一次,他把成绩单上面的63改成了88,被发现后,老爸把胖头鱼的屁股都打红了。第二天,看胖头鱼坐在座位上总是扭动身体,我知道这是屁股疼。我悄悄地对他说,忍一忍就过去了。而胖头鱼也一再表示今后再也不这样了!

  对于胖头鱼,我还是挺乐意叫他开元哥的,不单指他会像哥一样地疼我,重要的是他会常常带我去照鱼。

  春天,南风呼呼,气候温暖,在人们普遍感觉好睡觉的夜晚,鱼也正在珍惜这美好的时刻。

每当这种时节,我总是会挎上背篓,拿起鱼篓跟胖头鱼出发。背篓里盛满了胖头鱼储蓄过一冬的松烛,松烛晒得"梆梆"响,填入炉子里一沾火星就亮。火炉固着三尺来长的把,胖头鱼打起火炉的同时更不会忘记带上鱼錾。鱼錾是胖头鱼的新发明,他用几十枚大头针一字排行在竹条缝里,以细铁丝扎好,每每錾到之处,所向披靡。

起风了,暖暖的南风吹来,火炉"叭叭"作响。大黄狗跟了上来,胖头鱼飞起一脚,把大黄狗踢得尖叫远逃,胖头鱼嗔道:錾都没沾腥你就馋来了! 话没停下几分钟,大黄狗又跟上来了。

出了村子,是一片开阔的水田,浅而清的水在夜风的吹拂下微波不惊,月色朦胧,蛙叫声此起彼伏,我们置身在蛙鸣的包围中慢慢轻移,脚步在垅上向水田里逡巡。

胖头鱼打着火炉,探着身子,突然发现了一尾鲫鱼,巴掌儿大,胸鳍轻摆地在水里自由自在,还翘起嘴巴朝水面上吐泡泡。"嗨"的一声,胖头鱼一錾下去,老爸们半碗的下酒菜就到手了。胖头鱼说他最喜欢看老爸喝酒吃鱼的样子,他说他老爸先是喝上一小口酒,再咂一下嘴巴,接着夹起一块鱼扔进嘴里,嚼啊嚼啊,随即吐出一堆鱼骨。此时,老爸会赞许地看着胖头鱼,心说:儿呀,有两下子!

依我说,最过瘾的莫不过胖头鱼錾鱼了! 每錾起一条鱼,我们都会在田垅上兴奋很久,兴奋的时候我打哈哈,胖头鱼拍自己的屁股,似乎只有这样才能宣泄我们的激情。大黄狗轻吠,摇着尾巴,抬起一条前腿在我的裤脚上挠啊挠的。胖头鱼说:才开张呢,就想吃啊?!

往下走,是一块弓形田,田里,水没脚面,有陈年的稻草泊在那。我说,斋田一坯,看什么看。然而胖头鱼俯下身去仔细一瞧,妈呀,泥鳅们都聚在这儿开会呢!不是吗?横七竖八,都卧在泥面上一动不动。錾起錾落,我们开心极了。胖头鱼说:轻点轻点,别把泥鳅吓跑了。我说轻点你就别出声啊!结果,弄出的动静更大。

胖头鱼摇落火屎,就把火炉伸过来,我忙添上松烛。不知是松烛添得过猛还是火屎摇落过多的原因,火炉顷刻黯去,我惊呼完了。哪知胖头鱼急中生智果断而大胆地把火炉子拎过头顶,就呼啦啦地旋转开来。只见胖头鱼甩开膀子越旋越快,火苗"呼"的一声再次燃起,在我们的面前映出了一片耀眼的红。我非常怀念这种火红,许多年后,就是这种信念的红驱散了我心中的阴霾,从而照亮我前进的方向。

火炉旺了,胖头鱼哈哈大笑,还阴阳怪气地说道:天不绝吾也!经这一折腾,当我们再低下火炉照鱼时,鬼刁的泥鳅早溜得不见了踪影。

我失望,用揶揄的口吻告诉胖头鱼:得了吧,命中注定半斤米,求满天下不上升啊!

胖头鱼一听,倔劲上来了,他说:我就要上升!我告诉他松烛已经不多了。说这话的时候,我们来到了大圳的下水口。

水口落差极大,成瀑布状,哗哗的流水跌入潭中。胖头鱼放下鱼錾,把火炉交给了我。我纳闷,而胖头鱼却高挽裤脚下水去了。水里一片白花花的,什么也看不清楚,只见胖头鱼屏声静气地把双掌张成一个大大的括号,从边沿慢慢地朝水潭中心操去,最后倏地收拢。就在这时,胖头鱼尖叫一声,我看见胖头鱼的身子顷刻扑进水潭里去了。

开元哥,开元哥。我惊呼,歇斯底里地呐喊,捶胸顿足。

天有不测风云,而我却想不到今晚的柳暗花明会转变得如此之快。胖头鱼在水里扑腾了一阵之后,顽强地站了起来。胖头鱼"噗"地吐出一口水,大笑。这时,我才看清胖头鱼的怀里正搂着一条大大的黄鲶鱼呢!

我欢呼,忘乎所以,立马就丢下火炉跳进水里和胖头鱼紧紧地拥抱起来。胖头鱼顿了一下,不适地推推我。一恍然,我才醒悟自己原是辫子及腰的大姑娘了!

黄鲶鱼足有三斤重,胡须长长的,嘴巴又宽又大。入篓后,我们走一段路就要停下来打开盖子看上一会儿,像总也看不够似的,回家的路走走停停,乐此不疲。

捕鱼的经历很多很多,足以让我回忆一生。那一次,开元哥毫不犹豫地把大大的黄鲶鱼让给了我,他说:你妈有病,用它熬汤喝了好得快呢!

有　福

半夜的时候娘就把爹叫醒了,娘说:"我听到猪叫了,快起床分肉去。"

爹坐起,伸了个懒腰,侧头,竖起耳朵听听,哪里有什么猪叫,分明是娘听错了。天上的月亮,正闪着寒光。

无论如何,娘是睡不着了,昨天早工出得早,一大堆衣服还没洗。爹欲起,娘就说:"要不你再睡会儿吧,今天又要去犁田了!"

爹是犁田的好把式,大鞭子一挥,再倔强的牛也驾驭得老老实实。生产队里的两百多亩田地,一年两季,三犁三耙,爹要耕耘

一半。爹在队里拿最高的工分,水秀婶说爹就是生产队里最雄壮的骚牯!

可是,为了供一屋的娃,爹的背一年比一年驼了。

听到娘说话,我们睡不着了。哥说:"等天一亮我们就去河边割草,牛最爱吃露水草了,牛吃饱了爹犁田也省劲儿。"

三弟说:"我不去,我要帮娘烧火煮肉。"

三弟就睡在我旁边,我用手撞他一下:"馋嘴,就晓得吃!要烧火也轮不到你,四妹烧火。"

吵吵嚷嚷地,娘走过来在我和三弟的屁股上就是一巴掌:"再吵,再吵等下不给你们肉吃!"

一听娘说不给肉吃,我们就不敢吱声了。关于肉,我们真的是吃得太少了,肉就像一条虫子在无形中挠得我们的喉咙痒痒的,口水直流。以至于,三弟造句的时候也不忘带上那些有关的字眼,一次三弟在作文中这样写道:猪是伟大的动物,我们吃了它,就干劲冲天。

当我们踩一脚露水把青草挑回家的时候,爹已经从生产队里把猪肉分回来了,此时,红白分明、新鲜馋人的猪肉正躺在砧板上,让我们垂涎欲滴。爹说:"队长说今年是最后一次分肉了,一人半斤。我们家超支,要打折扣的,嘿嘿,只有每人二两半。"爹难过地垂下了头,似乎超支没分到足够的肉是他的错。

娘的眼里也突然红红的,但她昂起头,忙对我们说:"老好了,二六一二,六五得三十,有一斤半,拌入萝卜就有一大盆了,管够!"

我一抬头,看见三弟正翘起舌头在舔鼻涕,三弟说:"我要吃五碗!"

四妹比较矜持,她说:"我吃三碗就够了"。

我和哥没吱声，但在心里，我在暗暗地说："我要吃六碗，超过三弟，把以前没吃的肉都补回来！"

爹烧红了烙铁，"唰"的一声，毛墩墩的肉皮上就腾起一股烟雾。我和三弟使劲地抽着鼻子，真香哦！

这时，娘在菜园里拔萝卜，突然看见对面阿婆的茅屋着了火，浓烟滚滚的，好吓人。娘大喊。

听到呼救声，我们鱼贯地跑出屋去。

幸亏火势不大，加上屋旁有口水塘，几十桶水泼进去，当下就把火扑灭了。

娘叫爹帮阿婆清理屋子，自己先回家煮肉。

可是，当我们回到家，再也未见砧板上的肉了，几个狗爪印在我们的面前放肆地显扬着它的大胆。

娘哭了，是那种捶胸顿足的哭。接着，四妹也哭了起来。

我和哥木然地站着，仿佛发生了一生的失意。三弟撒腿就往外跑，他要去找爹，叫爹想办法。

可爹也无回天之术，爹只一个劲地怪自己没把猪肉放好，口里木讷地说："真是没口福……"

这是一个阳光明媚的星期天，麻雀在屋檐下跳来跳去，我们觉得极其的阴冷和憋屈。爹默默地出去了，娘唉声叹气地在做着属于她做的事情。我们痛恨那条不劳而获的狗，我们兄妹四人从那条狗的祖宗骂起，一直咒到它断子绝孙。

日上中天，队长吹过收工哨，娘回来看见茅房里的犁还在那儿，急了。爹上哪儿去了呢？我们屋前山后不停地喊，却总是没有回音。

队长怒冲冲地来到了我们的家，朝着娘就骂，队长说爹偷懒去了，超支户还旷工！

娘就一个劲地道歉,热脸去贴冷屁股。

队长骂骂咧咧地走远了,我们都陷入了沉思,是啊,爹到底去哪儿了呢?

后来,傍晚的收工哨响了,爹依然没有回来。

哥说:"爹可能是去无人谷了。"

这一说,使我们大吃一惊,娘当下就转哭腔了。

无人谷有大片大片的原始林,飞鸟走兽,黑瞎子在那儿做窝,那年患痴呆病的水伯误进了无人谷,从此,再也没有回来。

娘说:"我怎么也得把你爹找回来,要死一起死!"娘安顿我们,就一个人要去无人谷。

我们都拼命地拉着娘,说:"娘,你走了,今后谁来照顾我们呀!"

娘大哭起来,我们也哭。

起风了,这是夜幕垂空的风,风过后,黑夜就会像潮水一样淹没我们的村庄。我们和娘依偎着朝着无人谷的方向大喊:"爹呀,回来啊——"

就在我们要失望而归的时候,在山转角的地方一个人影闪现了出来。是爹!我们哭啊、笑啊、跳啊。

爹把斑鸠交到娘的手上,爹愧疚地说:"本以为能打上狍子或狐狸什么的,唉,都学鬼刁了……"

这时,我们看到爹露着屁股,腿也受伤了,脸上手上鲜血淋漓。娘说:"你碰到什么了吗?"

爹佯着轻松地笑笑:"没呢,平安无事。"

娘说:"真傻!以后别再去无人谷,好吗?"

爹点点头。

接着,娘就忙碌开来。

这是一顿终生难忘的晚餐,我们都一个劲地把斑鸠肉往爹的碗里夹,而爹却再把斑鸠肉一一地夹回到我们的碗里。

吃过饭,娘就阵痛起来。

后半夜,我的五弟出生了,爹给他取名叫有福。

乖 女

在义乌,他做了多年的小商品生意,靠人无我有、薄利多销的原则,从一个小摊贩逐渐成了一家小商品超市的老板,十几年的商海沉浮,终于使他富甲一方。

接着,他就有些飘飘然起来。于是,他开始尽情地享受着财富给人带来的愉悦。夜里,他常常不回家,白天不是驾车兜风,就是手托鸟笼到处溜达,超市里的生意也不闻不问了。老婆对他极不满,而他却不以为然。在老婆的再三吵闹之后,他郑重地提醒老婆:够你吃有你住的,你还管那么宽干啥?你若是看不惯,我们干脆就拜拜算了!

委屈了多日的老婆噙着泪咬着唇,一跺脚,拜拜就拜拜吧!

离就离,死了王七还有王八不是?

周末。老婆拉过四尺多高的女儿,泪眼汪汪地问她,爸妈要分开了,你是跟爸过还是跟妈过?

父母无休止的争吵,其实女儿已经早就预感到有今天。看着日渐消沉的老爸,女儿想了想,说,我跟爸过。

老婆听了伤心欲绝,狠狠地就把门一甩,离家了。

从此，三口之家开始裁员。

为了让生活有条不紊地顺利进行，他想给家里请个保姆。

但女儿坚决反对。

他一直很在乎女儿，女儿是他的心头肉。可是现在女儿大了，女大不由爹了，不请就不请吧！由于要照顾好女儿的饮食起居，他不得不又当爹又当妈。

一天晚上，女儿对他说，老爸，我夜里好冷。

听了，他就开玩笑似的跟女儿说，那你跟老爸睡。

出乎意料的是，女儿真的跑过来要跟他同床共寝。冷冷的夜里父女俩的体温把大大的床烘得暖融融的。这一夜，他们都睡了一个好觉。

早晨，他把热好了的牛奶给女儿端了上来。女儿甜甜地笑了，说，老爸，我最爱喝你热的奶了，真香！

第一次给女儿热牛奶，现在看着女儿那满意的脸，他也会心地笑了。

女儿要上学了，在出门的时候，女儿调皮地朝他眨眨眼睛，说，老爸再见！随即，女儿轻轻地把门关上。

下午女儿放学回来，又轻轻地给了他一个拥抱。

他轻轻地拍拍女儿，心里说，乖女儿！

接着，浓浓的温馨就在家里幸福地洋溢。

接下来，他问女儿，今天考得怎么样啊？

还好。她说完，仰起小脸，老爸，我们今晚去吃大餐好吗？

当然好！

好久没有跟家人出去进餐了。现在他们坐在义乌的美食城里，看着女儿吃得津津有味的样子，这时，他的心里舒坦极了。

日子如水般流去，他的钞票也在手指间哗哗地流淌。

这天,他接到了女儿从家里打来的电话,老爸,你在哪里?

他告诉女儿,我正在跟以前的客户谈生意呢!

其实,他正在跟洗浴城的狐狸女人"谈生意",时下,娇滴滴的女人像水蛇一样缠在他的身上。

你不是把以前的生意都丢了吗?女儿怀疑。

他无语。半晌,他只能承诺女儿,好好好,老爸立马就回家。

这一夜,他告诉女儿,现在天气回暖,你不能还赖着跟我睡了。再说,你都十二岁了,说出去,别的小朋友会笑话你的。

偏不!女儿嘟起小嘴,一脸的不悦。女儿说,你都好久没检查我的作业了,老师要你在我的试卷上签字!

打开女儿的试卷,才知道,女儿不知从何时起开始退步了!

他心里抖了一下,内疚地想,适可而止吧,不能再这样下去了。

这时,他的小商品超市已经关门有些时日了。不久,他又迷上了玩金钱游戏的"老虎机"。他在乎那种诛心蚀骨、痛快淋漓的感觉。一玩起来就忘记了给女儿做饭,当然,自己也忘记了吃饭。

这天,他刚从"迷乐吧"里出来,此时,下午的阳光快要下山了。

遇上了女儿。

女儿背着书包,满满的两团眼泪在眼眶里打转,她给他递上来一张纸条,就默默地走了。

他一怔,急忙打开纸条。女儿在上面写道:老爸,你太让我失望了!你知道我为什么要跟你在一起吗?我要走了,要回到妈妈那儿去,妈妈的小饰品店要开张了。如果你不想失去女儿,你就重新打理起我们家的小商品生意吧!

看毕,一股难以言表的滋味袭上心头,看着越来越走远的女儿,他心头一热,毫不犹豫地追了上去。

家有女儿茁成长

我有一件黑色的短袖衬衫,六粒扣子,布料是纯棉的。胸衫上,有黑白相间的细碎白色点缀其中,我常把它们比作星星,就如在夜幕上闪烁。

尽管这件衬衫是廉价的,但我却非常喜欢。

这是女儿送给我的第一件礼物。女儿第一次精心、第一次用自己赚来的钱为我选购的衬衫,每次穿起它,我的眼前就会浮现娇小的女儿暑期在流水线上忙碌的身影。

女儿说:"爸爸,我要去打暑假工了,不能老用你的钱。"那时,我不知怎么的,眼眶就湿润了。

在二十年前的一个凌晨,晨雾弥漫了我们的整个村子,妻子在阵痛中呻吟。那时,我们刚从深山迁回,家徒四壁,低矮的小平房里大公鸡突然鸣叫起来,接着迎来了女儿人生中的第一声啼哭。我仰望窗外,天空下的几尾树梢绿意盎然。同时,我觉得我的脚底突然升起了一股前所未有的干劲,使我分明听见了自己全身的骨骼在"叭叭"作响。

事实证明,因为女儿,那些年来,我在铁道上干得格外卖劲,别人抬不起的石头我一掳就上了肩,和砂浆我一次可以拌两包水泥。后来,老板不得不给我加工资了。

女儿小时多病,也许跟我们家庭生活的质量有关。在很多漆黑的夜里,我在床上辗转反侧。妻子终于忍受不了贫困溶入了南下的打工潮。在八年的时间里,我们有写不尽的情书和吐不完的思念,我把它们集在一个箱子里,无助的时候,我会把信件翻出来孜孜不倦地看。女儿常常偷看我们的信件,有次被我撞见,我看见她哭了。我问:"冰冰,你哭什么呢?"不料女儿却更大声地哭起来,她说:"我想妈妈了!"

女儿长得并不倾城,适中的瓜子脸,眼睛黑白分明。女儿的书念得不是很好,但很刻苦,在那个被风吹过的夏天,我伴随她一起走过了落榜的日子,鼓励女儿再考一次。

如果要说世界上最好吃的是什么,我会毫不犹豫地说是女儿做的焖鸡蛋。黄黄的鸡蛋糊入辣椒、韭菜,再淋上酱油,可口,香甜,很是下饭。这是她的拿手好菜,简单、便捷。女儿说:"适合我们两人之家。"说这话的时候,女儿已经十八岁了,长长的头发在她的腰际间荡过来飘过去。

我们家二楼居中的那个房间是女儿的闺房,地板上镶有木纹瓷砖,墙上刷了石灰,再喷上了一层乳胶漆,安静、通风、舒适。现在的女儿一年中难得有几个月的时间在里面居住了,这满房的书纸,见证了女儿艰辛的求学历程。在一摞摞的书本旁放着一本又一本的黑皮薄子,那是女儿悄悄写下来的日记。女儿一直在写日记,我偷偷看过她的日记。一不小心被她发现了,女儿极不高兴地嘟起小嘴:"爸,偷看别人的日记是不道德的行为,你知道吗?"从此,她就专买那种上锁的日记本写日记了。女儿大了,有了自己的秘密。

后来,女儿要远离我们去上大学了。记得那时午夜下过一场雨,清晨的薄雾还在我们家的门前飘动,我们起了一个早,老父亲乐呵呵地燃起爆竹一直把我们送到溪边，我用摩托车载着女儿，在欢声笑语中启程了。女儿紧紧地把脸贴在我的背上，不知什么时候，我的脊背被温暖的泪水浸湿了。我想，这时我的心情是激动的，并且是幸福的。

不知从哪天起，女儿有了高跟鞋，在视频里她会一遍又一遍地问我们她新做的头发好不好看。当我们附和着说好漂亮的时候，女儿就会通过远程给我们一个又一个的笑容。女儿每次从我的手上接过钱，都会微笑。妻子就佯装不悦，妻子说："有钱花就晓得笑！你知道吗？这些都是血汗钱！"女儿听了就说："不笑还哭啊？能花你们亲手挣来的钱很幸福！"

女儿已溶入了城市，二十年的蜕变，从一个小小的农村女孩到城市里的莘莘学子，在她的身上，我看到了一种闪光的东西在延续。不然，她不会在日记中这样写道：爸，很多感激的话都说不出口，但是，感激您的心一直都没变。冬天到了，请你们要注意身体！妈，别再跟爷爷闹别扭了，小心，您老了，我和弟弟也那样对您！

已经是秋天了，金风送来阵阵凉爽，秋天是谷浪起伏的季节，大块大块的田地被稻子填满，农富小卡在村路上来回奔驶，又丰收了。

我拿起女儿的礼物，欣悦之情难以言表，不是吗？种下了就会有收获，来年再铺天盖地地茵出一片绿来。

重要一课

一天,傻柱家的狗失踪了。后来黑奶奶的狗也失踪了。接着,二蛋就发现了一个惊天的秘密。

接着,我们就在村主任的号召下摩拳擦掌地行动起来,一场轰轰烈烈的捉贼战斗就要打响啦!

这时,在我们旮子村被人贬低得抬不起头的禾叔就吞吞吐吐地跟大伙说:"我想叫水华回来协助捉贼可以吗?"

听了,我们都撇撇嘴,似有不屑。

可是,村主任却说:"可以啊!只是怕耽误了水华的功课。"

五更时分,一辆摩托车果然如期而至,雪白的灯光照得马路上银晃晃的。黑暗中的水华抖抖索索的,禾叔就轻声地告诉他:"华仔,莫抖,看清楚了!"

突然,几只在马路上溜达的狗围着摩托车就狂吠起来,只见后座上的一个人飞快地探出索套对准狗头一锁,呜呜呜地,摩托车就在狗的哀叫声中狂飙而去。

但魔高一尺道高一丈,在水华拉响警钟的同时,设在马路前边的关卡也倏地立了起来。顷刻,旮子村沸腾了,村民们拿了棍棒高喊着从四面八方追赶过来。偷狗贼犹如惊弓之鸟,当即被揍得满地找牙。

"饶命啊,饶命啊!"偷狗贼痛得哇哇求饶。

两个盗贼二十岁左右,还长着一副娃娃脸。偷狗贼每惨叫一

声,水华的心里就颤抖一下,仿佛那拳头棍棒是落在自己的身上。水华也拿了棍棒,但他没使,只见他愣愣地站在那里。

不一会儿,天放亮了,二傻哥从镇上回来。此人心狠手辣,是个杀猪不眨眼的家伙。他说:"我家的狗你也敢偷?"说着就上前狠狠地给了盗贼十几记耳光,想想,还不解气,欲飞起脚要来连环十八腿。

"莫打啦,"村主任说,"叫公安来处理吧!"

看着站在这里愣愣犯傻的儿子,禾叔气愤地押了水华一把,说:"你这不争气的,打的又不是你,你两腿筛什么糠啊!"

"捆起来!"有人建议。

于是有人拿来绳索,把盗贼绑在了电线杆上,太阳一出,盗贼狼狈不堪。

黑奶奶走了过来,她制止了众人的过激行为,她心疼地对两盗贼说:"娃儿,放着好好的不学,干吗要做这偷盗活呀?这世道随便做些生意打个小工也比这强哟!"一会儿,警笛响了,偷狗贼终于戴上了手铐被推上了警车。

"回去吧!"这时,禾叔白了一眼水华。

水华就慢腾腾地在前面走。

在就要到家门的时候,禾叔对儿子的不满终于爆发了,他一把夺过水华的手中棍倏地向儿子举了起来。

禾叔的棍子在空中颤抖着。

这时,顽固不化的水华终于"扑通"一声对禾叔跪了下去。他抱着禾叔的腿边哭边说道:"爸,你就原谅我吧,我再也不敢偷人家的东西了!"

原来,禾叔的一家被我们旮子村人看不起,就是因为有偷盗的水华。今天,善良的禾叔终于给儿子上了一堂生动的课!

漂亮的跟斗

我们很久没吃过肉了。父亲为了庆祝我开学大喜,特意拿我们家的那只白凤公鸡开了刀。待母亲乐呵呵地把好菜端上来时,我就迫不及待地爬上桌去飞舞筷子大吃起来。说实话,香喷喷的鸡腿远远胜过了父亲给我买的新书包。

"吃吧,多吃些。吃过就要好好地念书了!"父亲说。说时又看了哥一眼,"你也一样,老油条!"

父亲说哥老油条的时候是瞪着眼说的。哥光二年级就重复着念了三年,难怪父亲不满。

哥吸溜着鼻涕,翻牙调齿地顶撞父亲:"你就能保证他不做老油条?"

"他"当然是指我了。于是我暗暗地给自己下决心:不能辜负了父亲的期望。

吃过饭,我打着饱嗝,跟哥来到了学校。学校热热闹闹,新鲜感多,我远远地看着忙进忙出的老师,顿心生敬畏。

操场经过两个多月的闲置,杂草丛生,它们大胆而放肆。昨天报到的时候老师就交代了,今天开学的第一课就是把它们消灭掉。

拔草,对于我来说是小菜一碟。我从小就长得虎头虎脑的,在家时,每每随母亲进了菜园,当母亲看见我对黄瓜两眼大放馋光的时候,就会说:"想吃?想吃就先拔草!"为了黄瓜,我只有飞

快地拔杂草。

哥说:"劳动好,你就可能当班干部。班干部,威风八面!"

看来,今天我可得豁出去了。

当挂在榆树上的大铁块被老师敲响的时候,我浑身的骨骼经络都在"叭叭"作响,仿佛都在为这一课做准备。

由于我们是一年级,老师没给我们布置任务,她说:"慢慢拔吧,注意安全!"

老师姓李,很漂亮很漂亮。她告诉我们拔草就跟师傅剃头一样,要仔细认真,不能三心二意;拔的时候,攥紧了草的蔸部,再一用力,才能连根拔起,斩草除根,知道吗?

我心想,拔草哪还有那么多的门门道道哦,我黄瓜吃得多,草也就拔得多了! 于是我拔呀拔呀,拔出了汗水,拔响了老师的称赞声。

不一会儿,就有同学坐在地上玩蝈蝈了,或者七看八看,脸露哭相。而我没有,我远远地把他们抛在了后面,我一边拔着草,一边瞄瞄漂亮的李老师,脸上露出了开心的微笑。

当汗水在脸上肆意横流的时候,我的手起泡了,很想停下来,或者很期望榆树上的大铁块再度敲响。可是,它对我们熟视无睹。

"休息会儿。"老师说,并扬起水壶问,"有要喝水的吗?"

我渴,但我不敢说。这时,李老师把水壶递到了我的面前:"喝吧。"

我接过,一仰脖,哦,真甜! 不知怎的,我突然想起了母亲,接着又想起了黄瓜,黄瓜也很甜。于是,我拔得更快了。

当太阳在我们的头顶大放光彩的时候,我的眼睛开始冒金星了,闪闪的星子就不停地在草尖上舞蹈。

这时,一棵大大的狼尾草呈现在我的面前,它舒展着叶子,一动不动地傲然藐视着我。我从没拔过这么大的草,以往,我会在母亲的面前心怯。但这次,我抓住了它,并大吼一声。结果,狼尾草被我连根拔起。由于身体失衡,狼尾草与我一起就在老师和同学们的惊叹声中翻起了跟斗。

尽管我四仰八叉地躺在了太阳底下,但我翻飞的那个跟斗却很漂亮,很洒脱。

若干年后,我还在想,这与父亲给我们吃的那顿公鸡肉是分不开的!

女 儿

难得回家一次的女儿这两天给寂寥的家带来了欢乐和笑声。可是,两天的假期很快就过去了,当我把摩托车推出来的时候,她说:"爸,你就穿这身衣服出去啊?"

我告诉她:"没关系的,爸刚从渔场回来,所以就不换了。"

"等等,看你的头发乱蓬蓬的!"于是,她忙拿来了一把梳子,走过来踮起脚尖;我呢,就定定地站在门口幸福地接受女儿的梳理。

女儿在另外一座城市里读书,新的时代新的环境在一天一天地改变着逐渐长大的女儿,女儿今年十六岁了。四月二十九日的今天,我又接到了她的电话:"爸,我没钱了。"女儿的声音很低。

"不会吧,才几个星期钱就用完了?"

"中考要交费,我又买了书,还有……我也不记得了,反正我没吃多少零食。"

"哦。"

"爸,夏天来了,我想买双凉鞋。"离开父母的孩子也只能自己照顾自己了。

"买吧。"

"你说是买十几块一双的还是几十块的呢?"

"你喜欢就行。"

"爸,我还想买个手机,有的同学早就有手机了。"

"不行,等你上了大学再说!"我有点发脾气。

"有手机方便呀。"

"你还不是'方便'的时候呢,再说爸爸赚钱很辛苦。"

"嗯,我不买就是了啦,爸。"

"学习得抓紧点,知道吗?"

"知道。"

"晚上要盖好被子,别感冒了。"

"你也是,爸。"

"我把钱给你打过来。"

"嗯。"

"好啦,挂掉吧"。

"爸,你先挂。"

"你先挂"!女儿总是在电话的那头这样说。亲情,让我想起白发苍苍的父亲,父亲今年六十三岁了,可是他还在为我们做着力所能及的事情。每一个人一生中的重要阶段都在养儿育女,尽管很苦,很累,很不划算,但是却很幸福!

年　糕

　　我喜欢过年,年会把我跟伯的距离拉得很近。我也特别爱吃年糕,家乡的年糕糯糯的,很有筋道。可是家乡打年糕的碓所因年久失修倒塌了,人们只得远远地去山外买,以解孩儿的馋。伯也是这样。

　　而今,年关将近,在我现在打工的地方有很多做灯笼的小作坊,他们焊骨架裱红纸,再系上黄黄的绸须,没日没夜地赶货。别人在喜庆中欢笑,而我却在异乡哭泣。

　　接到伯离世的噩耗,我悲痛不已。之余,我不明白,在我们那条必经的山路上为什么会突然横亘起一座被黄土堆积的小"山"!

　　天,灰蒙蒙的,似有下雪的征兆,我踏上回家的路,心情沉重。在经过鸡公岭扼守出山之咽喉的地方,我看见了一座被黄土乱石堆积多日的土丘,高一丈有余,像拦路虎一样,藐视着我阻挡了我回家的去路。车是自然过不去的,沿"山"而上有一行人们用脚踩出来的路弯曲地向上延伸,道旁一块白底黑字的牌匾竖立着,豁然醒目,上面写着:道路硬化多日,因施工方迟迟未结清工程款,故,特此封路!有几辆掉头返回的汽车,愤怒地轰鸣着,司机打着方向盘,嘴里骂骂咧咧。

　　我的老家有很多山,层峦叠嶂,绵延起伏,山凹的峡谷处有一条铁索像蛇信子一样探出来伸向远方。这是一条被祖先踏出来

的路,伯为了生活踩着它在这里洒下过无数的汗水,在艳阳高照或者寒霜雨雪的日子里,伯挑着他的货担气喘如牛。路是不平的,坑坑洼洼。但它却像小姑娘扭捏着腰身通向山外,给翘盼的人带来希望。

然而今天,伯却因这条路突然离世,我的眼前一片空茫。

伯把我拉扯成人,关于这条路,我同伯有相同的记忆。不同的是行走在这条路上,伯时常负重,而我却身轻如燕,我喜欢看山涧的薄雾和听林中的鸟鸣。后来,我渐渐长大了,要去远方放飞梦想,在这崎岖的山路上,伯帮我挑着行囊送我一程又一程。我说:"伯,你回去吧,我来挑。"伯把担子换了一个肩膀,不肯,他说:"伯老啦,能为你挑得一回算一回了。"说后,我们的眼眶里都闪着泪花。

我爬上"山",下坡更陡,朔风从山隙贯穿过来,我身心很冷。毫无疑问,伯就是在下"山"的时候脚下一滑,从这里滚下去的。第二天,那个发现伯的人告诉我:"那时你伯已去世多时,僵硬的身上还盖着一层白霜。"

我永远不会忘记,在这座大山里我们有过一个热闹的小村庄,一色的土筑屋,黄墙青瓦,晨曦里炊烟袅袅,鸡鸣狗跳;我们在溪里摸鱼,伯在山上打柴,还唱着"哎哎之哟"的客家山歌。可是,随着山外现代化进程的加快,外出打工、搬离的人多了,山里很快成了空村。

现在通往这条路的行人越来越少,难怪伯的尸体次日才被人发现。可以想象,在伯跌倒滚下"山"后,一定挣扎了很久,求救的时间持续了很长。可是,我在天边,鸟也入林,天就像一只大锅一下子从头上扣了下来。

丙牯大叔,把一只帆布包交给我,我打开一看,里面装了满满一袋我最爱吃的年糕。丙牯大叔说:"你伯那天到山外买年糕回来,死的时候,还紧紧地捂着布袋口,就怕年糕倒出来。"我心里一动,泪水夺眶而出。

伯跟伯母做伴去了,我又成了没爹没娘的孩子,我站在家门口木木地望着对面的青山发呆,像一朵无根浮萍失去了心灵的居所。

对面孤独的阿婆开始做晚饭了,烟从屋顶上冒出来,袅袅婷婷,最后,在空中弥漫成一个特大的问号。

我转身回屋,蓦然中,伯又仿佛在向我走来,只见他手中端着一碗刚出锅的年糕,热气在我们的面前腾起了一朵白色的格桑花,伯说:"趁热吃吧,冷了就没那个味了!"

暮色已重,年的脚步愈来愈近了。

离 乡

十四岁的那年,狗儿疯了似的想看那件宝物,可是奶奶不给他看。奶奶说:"成了奇的东西,可以避火消灾。"

奇,分明是稀罕物了!怪不得娘生前总是悄悄地对狗儿说:"有了它,我们家世世代代都受庇护。据说夜里还发着光。"其实娘出生以来也没见过此物的真面目。后来,一场事故,把娘和她的遗憾永久地带进了坟墓。

娘死后,奶奶更加疼狗儿。偶尔买点肉打打牙祭,奶奶也总是不吃。狗儿吃饱喝足后,就挺着那圆圆的肚子,还是一副不满

足的样子,于是,又缠着奶奶说:"我想……"

可是,还没等他把话说完,奶奶就嗔起眼睛。想起娘,狗儿就委屈得掉眼泪。

这时,奶奶的眼睛也突然红红的,她说:"狗儿,不是奶奶不让你看,而是在地下埋了几百年的东西,一见光亮,就不灵验了!"

后来奶奶的痨病又复发了,弥留之际,她终于告诉了宝物的藏处,并嘱咐说一定要一代一代地传下去。

奶奶和娘的不幸去世,让爹对宝物能避火消灾的说法产生了怀疑。一气之下,狗儿和爹终于在一个夜里把宝物挖了出来。

这是怎样的一个物件啊?当他们扒去最后一层土的时候,在摇曳的灯光里,看着眼前的这个瓦罐子,狗儿沮丧极了!

后来,爹说:"不是银不是金,就连废铜烂铁也算不上。怪不得保佑不了我们全家哩!"

从此,爹依然做着他的力气活,狗儿也无一丝异想地念着书,再也没了从前的那份好奇和奢望。

可是,在寒假的一天,狗儿突然看见猥琐的大猫从自家的后门里出来,手里还半藏半掖地拿着弃置屋角的那个罐子。

狗儿手臂一张,拦住了大猫的去路。

"嘿嘿,反正你们也用不上,我拿回家去装盐巴。"大猫脸皮一褶,笑着把手中的东西在狗儿眼前扬了扬。

平时,狗儿最讨厌大猫。大猫成天东游西逛的,总是交结些不三不四的朋友,狗儿当面戳穿他:"你要拿走也得等我爹回来。再说,你干吗从我们家的后门里出来呀?"

于是,狗儿夺过大猫手里的瓦罐拿回了屋里。没想到第二天,狗儿家那下蛋的老母鸡就莫名其妙地死了。谁干的?狗儿猜了个八九不离十；其实爹也知道，但爹没出声。因为爹老实。

就在那天夜里，爹把瓦罐洗了，没料到，洗净后的罐子在煤油灯下大放光彩！

爹说："这不是一个普通的罐子。"

于是，他们就真的把瓦罐当宝物似的藏了起来。

过了两天，他们的牛却不见了。

爹心急如焚！是啊，庄稼人没了牛，就等于没了手，耕田拉车，哪一样能少得了牛呢？后来，狗儿跟爹踏遍了大山南北，终于在一个不起眼的旮旯里找到了牛。此时的牛已被人缠拴在树蔸上整整十天，早已气绝身亡了。

眼看年关已近，开春后，家家户户都离不开耕牛种地，想起春种，爹伤心欲绝。这时，队长就安慰着爹说："人背运，放屁都砸脚后跟哩！听大猫说，你们家有个罐子还值几个钱，要不把它卖了，换头牛吧？"

爹不得不答应了。

于是，队长不知从哪里找来了一个古董商，以六百元的价格把娘从来没见过的"宝物"卖了出去。

队长说："现在去买一头牛是绰绰有余了！"

没料到，卖瓦罐的钱还没有在爹的口袋里捂热，队长就来跟爹商量了："憨弟，我家那娃儿又在外地犯事了，现正在牢房里坐着，我得把他赎出来，正想向你伸伸手。"

爹脸露难色。

队长看爹这个样子，就又说："我家有难，你总不能干瞧着吧？要知道以前我可没少帮你呀，要不是我，你那破瓦罐还躺在墙脚里睡觉哩！"

不软不硬的话说得爹默默无语。

卖瓦罐的钱被队长借走了,同时借走的还有爹的心。当催春的布谷鸟啼叫了好些时日的时候,狗儿家的牛还没有买回来。看着荒芜的田地,爹就闷闷不乐。

这天,爹终于鼓起勇气向队长要钱了。可是,队长一听,眼睛就瞪成了铜铃大,刚牵了牛要出栏门的队长老婆也不满地附和着说:"讨债也不看时辰,这不,钱还在地里没长出来哩!"

陡一听,爹急了,就一把夺过她手中的牛绳,说:"那么,你家的牛给我们种地吧!"

不想,一拉一扯地,队长老婆的猪婆癫又犯了!只见她突然倒在地上,手脚不停地痉挛起来。

惹祸了!

慌乱中,爹立马重重地挨了队长的几脚。

"你这无情寡义的畜生!"队长一边骂着还一边拿起了一根棍子要向爹抡过来。

憨憨的爹只有逃了。

这一逃,逃过了队长的一劫。

从此,爹带着狗儿远离了家乡,从做苦力开始,再次撑起了温暖的家。

喊　魂

主任说,人有隐形的三魂七魄,像鱼和水,缺一不行!

主任说的时候,长胡子一翘一翘的,一如意气风发的茅草。

这时，从石坳上下来一名村妇，抠着竹篮，长长的黑辫子在婀娜的腰间荡来荡去。此人正是狗儿的媳妇华香。主任说，别看她标标致致，要是丢了魂啊，就像霜打的茄子蔫蔫的哟！

呸，你才丢了魂哩！狗儿不满，随即离去，嘴里不住地叽叽叽叽，还回过头来朝主任翻白眼。狗儿只能这样，其余的也奈何不了。

主任姓白，白眼狼的白。主任上知天文，下晓地理，阴阳八卦样样在行，且主管全村的治安，抓贼擒盗什么的，哪里有斗争哪里就有主任。自从王二麻子偷粮仓被打断了肋骨，举村上下就再也没发生过偷盗的事件了。

这天，吊在大樟树上的那块大铁块又被队长敲响了。人们听了，就纷纷丢下镰刀锄头，嘻嘻哈哈地聚集在村头的那块场地上。

主任手拿棕绳，眼睛不住地在人群里扫，兰钭来了吗？

社员你看看我，我看看你，后来说，没有。

去哪了呢？主任挠挠脑袋，突然眼睛一亮，莫非搞破坏去了？

拉屎去了。有知情人答。知情人是华香，正锄地的时候，华香看见他捂着肚子钻进了山脚下的茅草丛。

拉屎躲懒？我看是搞破坏去了！主任说，说着就向华香一招手，要她带着去找兰钭。

灌木丛里，阴天蔽日，还有一股冷气在丝丝地滋生。华香突然打了个寒战。

其实，兰钭在草丛里早就听到了大铁块的当当声，钻出来的时候，他看到村头那黑压压的人群。兰钭一路小跑，来到场地中央，双腿一软，自觉地跪了下去。

半晌，主任才跟华香从林子里钻出来。走进场地，华香就对上了狗儿的眼睛，华香的脸儿微微一红，忙把那丝散乱的头发捋向耳后。

主任的脸上多了几道红红的指痕,看到兰钭正老老实实地跪在那儿,才松了口气。接着,主任就用手指头戳着兰钭并怒视道,幸亏我们去得及时,不然这家伙又要搞破坏了!

接着,主任右手握拳就愤怒地高呼起来:打倒兰钭!

社员随呼,顿时,口号声响彻天空。

不知为什么,这天,狗儿憋了一肚子的屈,回到家,狗儿踢了媳妇一脚。华香也不示弱,后来,夫妻俩打成了一团。

睡到下半夜的时候,狗儿被窗外的兰钭叫醒了。兰钭说,主任患急病,不省人事,喉咙里噜噜地响。

啊?他也有今日!狗儿喜。

八成是昨天在林子里丢了魂,书记命令我和你去给他喊魂。

不去!狗儿又钻进了被窝。

去吧,主任也不容易,上次要不是他抓住了王二麻子那一伙,恐怕全村老少都要喝西北风!

兰钭就是地主婆的儿子,五十五岁了还未结婚,但继承了喊魂的好招儿,只要兰钭在丢魂的地方燃上几张纸,撒下一把米,随即捡起地上的一颗小石子捧于手中,再呼唤掉了魂的人的名字,一路向前,魂就回来了,从此患者安然无恙。

当前,给主任喊魂非兰钭莫属。来到村东头的时候,主任的一家乱成了一锅粥。主任的婆娘跪倒在兰钭和狗子的面前,一把眼泪一把鼻涕地说,一定要把主任的魂喊回来。婆娘说,他爹不能走啊,娃儿还这么小……

于是,狗儿跟着兰钭拿上草纸、香烛、三荤(即熟鸡蛋大块的熟鱼熟肉),就出门了。此时,微星斗暗,寒气肃杀。狗儿按亮手电筒走在前,兰钭随后,神情肃穆得仿佛肩负了某项神圣使命。

来到山脚下,狗儿停住脚。

兰钭问,不走呢?

狗儿没好气地说,前面是森林啊,引发了大火,我可不想跟你一块儿去坐牢!

也罢。放下手电筒,狗儿燃起草纸香烛,火苗就呼呼地燃起。兰钭端了供品向东南西北各个方向虔诚地作揖,口里念念有词。待火苗熄灭,狗儿剥开蛋壳就一股脑儿地塞进了嘴里,并对兰钭说,你也吃吧,不吃白不吃!

吃供品不好。

有啥不好的,天天吃斋,放个屁都成野菜团子气了!

馋欲一触即发,俩人狼吞虎咽。

供品精光之时,狗儿的饱嗝也呼之欲出,兰钭摸着撑圆了的肚子,顺手捡起地上的一枚石子,就说,主任,回来哟——

天黑黑的,才走两步,狗儿就发现手电筒忘在了烧纸的地上了,欲返回去取。这时,被一双手拦住了,兰钭在黑暗中瞪着责怪的眼睛。从喊回来哟的第一声起,喊魂的人就不能回头了,一回头,跟来的魂就会吓得走掉,狗儿知道这道理。

但狗儿今晚不信那个邪,他说,主任平时胆大包天的,按理说他的魂也一样。

这是喊魂的规矩。兰钭啜嚅着。

啥规矩啊,你明明在拉屎,可主任却偏偏说你在搞破坏,这就是规矩?

兰钭摸了摸久跪生疾的膝盖,无语。

但兰钭依然拦着狗儿不让回头,兰钭说,人命关天,你一回头,主任就没了!

夜深了,猫头鹰在林子里如诉如泣地啼叫。狗儿终究没拗过

兰钭,黑暗中,他们一边喊着一边跌跌撞撞地向主任的家走去,声音悠长焦虑,就像娘对儿子扯心扯肺的呼唤。

主任,回来哟——

回来了!

回来哟——

好运来

爸爸,你常说的龚叔叔长得威武吗?女儿问。

等下你就知道了。

二十多年没见面了,岁月这把凿子,也不知道把龚木文雕成了个啥模样。印象中的龚木文文质彬彬,优柔寡断的样子。小时候我们一起上山打柴、下河游泳、趁着月色去偷西瓜,龚木文总是摸这个瓜不成,挑那个瓜不是。等我们都抱了瓜跑得没踪影的时候,龚木文还在瓜地里蹑手蹑脚地犹犹豫豫。突然一声断喝,龚木文被抓了个正着。

我们穿过熙熙攘攘的大街,沿着朋友指定的路线向龚木文的饭馆走去。马上就要见到好哥儿们了!

那时我们生在大山,长在乡下。初中三年龚木文都是跟我同床而睡。龚木文有个尿床的坏毛病。一尿床,把我的裤子也洇湿了一大块,早晨起来,散发着一股骚骚的怪味儿。这时,龚木文的脸就红红的,我也不说他什么,但为了哥儿们的情谊,我一直把这秘密隐瞒到现在。

这一年,高考落榜的龚木文就跟对面村的禾香姑娘好上了。整天尾巴似的缠着人家去打猪草,夜里还悄悄地藏在林子里幽会,郎啊妹的好不快活。而我不能,只有羡慕。龚木文是龚家的第八代单传,家底殷实。年底的时候,请了媒人,十八担礼品就把亲事定了下来。

渐渐地,龚木文跟我在一起的时间少了。清风明月里我总是一个人久久地对着青山发呆,无聊的日子里,我终于重新拾起了废弃的课本。

但是,龚木文并没有跟禾香姑娘走到婚姻的殿堂就喜新厌旧了。

小妞是分配到小学来教书的城里人,飘逸的长发,一袭白装,总是吸引得我们目瞪口呆。龚木文为了跟小妞老师套近乎,缠着他那当书记的爹硬是给塞进了学校滥竽充数。晨曦暮霭里,我们常常能看到一对佳人在树下或者溪边亲热地聊天和唱歌。再后来,我们就看到了龚木文和小妞老师手牵手地走路。

这时候,龚木文正脚踏两只船。他常常会对我说,他好像在走桃花运,只是很渺茫,不知道这种恋情能走多远。

果然不出所料,随着禾香姑娘的家人闹上门来的时候,小妞老师的肚皮也日见隆起。几天后,教育局下达的一纸撤职令,把龚木文弄了个身败名裂。

时隔几年,这一夜,龚木文又跟我同床睡觉了。其实,那一晚我们根本没有睡。龚木文叹了一个晚上的气,总说他为什么那样不走运。我说,你走的好运还不够吗?他问我,你说我是走还是留。我知道龚木文已经没有脸面在家乡待下去了。我怂恿他走。

第二天龚木文真的走了,随着南下的打工潮走得远远的。告别的时候,龚木文忧心忡忡。我说,你把你的名声弄成了这样,不

走也得走了,以你的运气,我想你一定会走出人生的低谷。

好一个龚木文,一走就是二十年。这二十年间,我的人生起了翻天覆地的变化。开始是考上了大学,后来是娶妻生子,成了城里的一员。

转过弯,前面正是贸易市场,这里人群接踵,车水马龙。我想,龚木文真会选地方,饭馆里的生意一定不错吧?

其实是个小饭馆。

饭馆的门口搭出了一个鸭舌样的凉棚,一块红色的"好运来"的招牌格外醒目。里面摆了四张简陋的桌凳,几个民工模样的人正在那里吃得急急匆匆。龚木文正蹲在地上择菜,旁边胖胖的小妞老师正一边在锅里翻炒着菜,一边招揽着顾客。

我站在了龚木文的面前。龚木文一抬头,一眼就认出了我,他说,哈!你来了?

小妞就招呼,吃饭吗?坐坐坐!

龚木文还跟年轻时一样猴瘦,看着我突然到来,一脸的尴尬。

看着他那无助的眼神,我忙改口道,我正要去贸易市场,没想到我们哥儿俩在这儿遇见了!

是啊,二十年了,不容易呀!龚木文也感叹道。

爸爸,你不是说我们是特意来看龚叔叔的吗?

童言无忌。我支吾着,哦,是啊,看过龚叔叔,我们就要去贸易市场了!

瞧,你的孩子也这么大了!龚木文笑笑,又说,坐吧,吃点什么?看这,乱糟糟的,这店刚盘下来,一年七千五!

我点点头,心说,来了就给做点生意吧。于是,我跟女儿各要了一碗打卤面。

龚木文就边择菜边跟我聊起了这二十年。他说,我去了南方,小妞也没心情教书了,就跟我一起在工厂里打工。孩子八岁时,不幸得了尿毒症,这些年赚下的钱全丢进药碗里了。你瞧,我的肾也摘了一个,给孩子换。现在孩子的病终于好了,可又不听话,上次做什么发大财的生意,亏了几万块,人还是被我找回来的,原来是害人的传销……

龚木文还在诉说,我就用心地听,不知不觉,卤面吃完了。我掏钱,但龚木文无论如何也不肯收,只是说以后多来捧场就是了!

我说,你们的打卤面很好吃,再说,这里的位置很不错,你们会越来越火的!

我们要走了,女儿说着扬起小手说再见。这时,我突然想起了《好运来》这首歌,心想,龚木文用此歌做店名也正是此意吧!

从隧洞里飘出来的歌声

蓝天上,白云飘,
白云下面,马儿跑……

乐子爱唱这首歌。唱着唱着,一双小眼睛总禁不住要眺望着远方,仿佛真的看见了茫茫的青草地上马儿在那儿吃草,欢跳。

其实,乐子看见的不只是马儿,还有他的妹妹。妹妹舒展着两只小小的臂膀:蓝天上,白云飘……哥,你也唱呀,我教你!

唱什么唱!二工头远远地窥视他没有弯腰就在工棚的那边吼了起来,今天完不成土石方,晚上死也要你们去死!

乐子吐了吐舌头。

乐子你在想什么呢？看着磨磨蹭蹭的乐子,老高也在催了。

乐子管老高叫阿公,是几个月前被二工头从很远的穷地方招来做工的,没爹没娘的乐子放心不下阿公一个人出远门,所以也缠着跟来了。老高是个闷葫芦,在这修铁路的大军里没有谁知道他们来自哪里。

傍晚的余晖染红了山岗,泥土被烈日烤化成的烟尘在乐子的脚下乱窜,他抬起胳膊歪下头在短袖上揩了一把汗,加快了推铁斗车的步伐。

收工的时候,乐子想起这里的土石工程要结束了,明天就是拿工资的日子,就禁不住地对老高说:阿公,你估摸我们能拿到多少钱？

说不准。

后来乐子真的永远没能知道他们劳苦了几个月的工资究竟有多少。因为没良心的二工头连夜就在大工头那里结了工程款,携着乐子他们的工资逃跑了！

偌大的工地上每天都有南来北往的人,在这里,挖土机、装载车、爆破的轰鸣声与工人劳动的号子汇成一片,谁也没有在乎乐子的存在。

晌午了,他们没有饭吃。老高蜷缩在工棚的草铺上唉声叹气。乐子就东走西站,木讷的小眼睛六神无主。

不知不觉,乐子来到了山坳大工头的指挥所,这里彩旗飘扬,几幢别致的平板房气氛非凡,一只拴着铁链的狗及时地发现了探头探脑的乐子,就突然对他狂吠起来。慌忙中乐子撞开了一扇门。里面有搽了粉的女人,还有脖子上吊着根领带的胖子。乐子从来没有见过这种场面。这时坐在主席台中央的胖子向站在会场一侧的大个子一努嘴,吓得乐子慌忙退出门拔腿就跑。

大个子拿了铁棍奋勇追来。此时,乐子拼命地逃命!

终究没能逃过。能量耗尽的双脚被路间的一块石头轻轻地一绊,乐子就重重地摔在地上,只见他哇哇地大叫,双手护着头,做出一副挨打的样子。当大个子正要把铁棍拧向乐子的一刹那,手,突然停在了半空。因为他这时才看清乐子原来是一个十四五岁无力反抗的孩子!那双长满茧的手,裂开的口子正有血在殷殷地往外流。

乐子逃过了一劫,当弄清缘由大个子要放他走的时候,想起在工地上徒劳了几个月仍身无分文的事儿,乐子失声地哭了。

我们这么大个工地,只要你肯出力气,能饿死你吗?大个子安慰他。

我妹妹马上要开学了,奶奶还等着我们寄钱呢。

去扒碴吧。胖子说,三十块一天,少不了你的。

"扒碴"是铁路工地上的行语,就是在没有支撑的岩隧洞里往外掏石头。

老高跟乐子又开始在工地上忙活了。当爆破工"轰"的一声完成作业后,剩下的就是扒碴工的活了。昏暗的洞穴里,小乐子把一块块的碎石扒起来装入身旁的铁斗里,待装满后再和老高搬开挡轮闸顺铁轨运出洞去。当空铁斗再返回来的时候,他们就再扒拉着那些横七竖八的石头。

天上亮着星星的时候,他们回到了工棚,老高常在夜里咳嗽,而乐子则在梦里笑出声来,老高也不知道他在笑什么。

这天,他们又将要收工了,老高说待装完那一铁斗他们就出洞了,等待着乐子的又是甜甜的睡梦。

阿公,我给你唱首歌吧?乐子说。

又是"白云飘"对不对?老高扬着菊花脸笑。

你怎么知道啊？乐子一脸的灿烂。其实他就知道哼哼两句，其余的还没跟妹妹学好就出来干活了。

想起妹妹，乐子的脸阴郁起来，他告诉阿公，我想回家。

快了，等拿到工资我们就回去。老高说。

有了钱，妹妹的学费再也不用愁啦！

我们还可以过个好年。老高附和着。

年粑粑真香哦！

这时头顶上的岩石正在悄悄地松动。

由于开心，乐子又唱起了"白云飘"。他说，阿公，回到家，我和妹妹就天天唱白云飘给你听。

于是，乐子就唱了：

蓝天上，

白云飘……

乐子唱得很用心很专注，稚嫩的声音从隧洞里飘出来。唱的时候，乐子似乎又看见了蓝天上的一朵朵白云，自己骑了一匹大红马正朝家走去……

可是还没等到老高把"白云飘"听完，这时，轰的一声，岩石垮塌了，无情的巨响把一老一少的歌声和笑声一起淹没了下去。

自从那声巨响过后，老高和乐子都安静了。但人们都似乎还一直能听到白云飘的歌声在如火如荼的工地上回荡。过了两年，铁路终于建成，长长的巨龙穿山越岭朝着乐子思念的方向延伸得远远的。

那年我十六岁

记得那年的竹子漫山遍野，格外葱郁和挺拔。一天，父亲交给我一只背篓和一把锄头，说："进山吧！"于是，我就跟大人们一起进山刨竹笋了。一天下来也能给母亲换回两三个药膏钱，当第一次捧起我为她买来的药膏的时候，我看见母亲的眼眶里有泪水在闪烁。

"竖笋一只，斜笋一拉"。人们总是告诉我用这种技巧去刨笋，碰到斜笋就一篓子都装不完。由于经验不足，我总是挖得少之又少，我又总是努力弯腰荷锄地去发现更多的斜笋，偶尔发现一两个竖长着的笋子，也是兴奋得在竹林子里手舞足蹈。

有一天，村里来了个山外人，穿着一套格子西装，他要在山沟里收足一万斤冬笋，再运到外面去贩卖。在找不着一个代收人而犯愁的时候，我站了出来，说："叔叔，我行吗？"

就这样，从第二天起我再也不必上山刨笋了。老实的父亲打理着称杆，我一边把握着质量，一边谨慎地付着钱，面对像小山堆积起来的冬笋和干劲高涨的乡亲，这时，我的心里美滋滋的。

可是，天有不测风云，山外人来过三次后，在第四次正急着等他把钱捎来的时候却没有来了。上世纪八十年代的穷山沟没有电话也没有邮差，深夜，父亲和我在笋堆旁急得团团直转。父亲就说："停下来吧，叫他们挑到山外卖去。"可是，一万斤笋子还没收够，怎么办？那一夜，我失眠了。辗转反侧了一宿，该预测的都

想过了,早晨起来跟父亲商量还是照常收购,没钱就先欠着吧,乡里乡亲的,也许山外人明天就把钱送来了,我就不相信山外人会把笋子撇下。渐渐地,年关来临,要账的多了起来,父亲急得跳脚,病榻上的母亲也暗暗地捏着一把汗,只能用我们全家的所有东西给乡亲们作担保了。

日子在平静中流逝,日头衔山的时分,是我和父亲最忙的时候,过称、打账,面对喜颜悦色的乡亲,可有谁知道十六岁的我正在用我们全家人的家当当赌注!从此,很少看见父亲展颜,一家人的心都在颤抖。只有我,还在佯起笑脸对每一个前来要债的人解释:钱马上就要送来了。

腊月二十五,春节的气息已经悄悄来临,不能再等了。在一个蒙蒙细雨的早晨,我带上干粮,打着一把油纸伞,去山外寻找山外人。

苍天不负有心人,当走过芦源桥,在山头转角的地方,山外人来了!他是送钱来的,同时要把货发到山外去。他在十几天前的一次车祸中受伤了,所以耽搁了时间,当听说一万多斤的笋子都收了上来的时候,他惊喜若狂了!

后来,山外人除付给我们应得的手续费外,还多给了我们三百元钱。

三百元,对有钱人来说只不过是沧海一粟,但那时我们却派上了大用场。接着,那一年我们过了个富足的春节,母亲的药费也小有着落,休学了一年的我,靠着一个小小的机遇和胆略使自己重新回到了学堂。

感谢生活!

山路越来越陡,车颠簸得激烈起来,但是千回百折的山路要比从前宽敞了许多,时而有农富小卡车迎面驶过,一路的汽笛声唱响了竹乡富饶的今天。又见了,芦源山!车,载着我向梦牵魂绕的故乡飞去。

又见那片山林

今夜,我又见到了那片山林。我很奇怪,从小到大,我走过了无数山头,而没有一个地方,能使我像对梦中的这片竹林一样梦牵神迷。

山头起伏,绿意汹涌,我来到了白水仙,仿佛置身在绿的海洋中,湿润、清新、爽快。我贪婪地抽着鼻子,咂咂嘴巴,觉得这里的空气都是甜的!

我拾阶而上,来到了桃源口,两块宛若蟠桃的巨石相倚地矗立在我面前。这是大自然的造化,我抚摸着蟠桃,想咬它一口。我弯着腰,小心翼翼地钻过巨石,猛然回首,似不见了来时的路。

我走啊走啊,走过一线天,站在了那棵藤缠竹下,看到它们相互依偎,相亲相爱的样子,我想起了跟媚儿的过去。那时,她也很黏人,结果,黏住我就不放了。

山上竹叶如篷,遮天蔽日,阳光从叶隙间漏下,像有金子砸下来,恍然若梦。此地此景,我好想有段艳遇,我的心,开始从媚儿的身上游离。

山路,时坦时陡,竹林的芬芳与潮湿扑面而来,阴凉迅速驱赶了我的汗水。山中溪水回环,黄鹂与山泉和弦,奏响了一首明快的乐章。我喜欢这种声音,愉悦、柔和,不像城市里的嘈杂、喧闹。

在我现在居住的地方,天刚蒙蒙亮,那叮叮当当或卖包子油条的声音就充斥了我的耳膜,有时,我把被子紧紧地捂住耳孔,可心里却想着这些,无济于事。每天,我在钢筋水泥的丛林里穿行,突然一声尖锐的刹车声,使我像贼一样惊慌失措。

今夜,我在梦里爬山,在臆想中涉水,我在急剧逃离我的这张床,这座城市。

山路,百转千回,我忘记了劳累。我看到了这漫山遍野的竹子从石缝中钻出来,石破天惊。媚儿常常唠叨我没有毅力,说我为什么把希望看得那么渺茫。每当这种时候,我总是不去看她,关闭耳孔,让思绪飘向远方。我不禁想起这些竹子,感叹笋尖的力量与向上的精神。

山里的水是柔软的,我看到它从竹林里蜿蜒而出,小蛇一样扭动着腰肢,一下子跃上青石,一下子遁入地下,捉迷藏似的溜去。白水仙山里的水似精灵,我抓不住。透过手心,我感觉水在我的肌肤里浸润,扩展成那种顽强的个性。

媚儿总是怪我一根筋,一条道走到黑,说工作不好就不能跳槽吗?像水一样,拐过一道弯,就流出去了。看来,我该向这里的水和竹笋学习了。难怪我常梦见这些,或许,这正是我生命中最赋有意义的山林。

忽然间,我一抬头,我看见了一座桥。这是一座拱桥,横跨于山涧与乱石之上,烟雨蒙蒙,水花飞溅,一股轰然的哗哗声传来,静与动,在此刻形成了鲜明的反差。

这是奈何桥吗?喝过孟婆汤,走上奈何桥,就能遗忘前世今生,渡到另外一个世界。如果真是,我决不渡过去。因为我还惦记着媚儿,尽管她有时使我烦,但她对我的好,我一清二楚。

猛然,我想起了这是一处景区,白日,游人如织,男女在这里流连忘返。人与桥融入一体,他们在桥上开心拍照,存留纪念。

我当然要登上拱桥。只是我登上桥的那一刻,我的心碎了。

我看了我心仪的白儿高高地悬挂在绝壁之上!

这就是仙女瀑。

我想起了故事。传说在若干年前,有几十位年轻美貌的仙女厌倦了天庭生活。一天,她们姐妹相邀,为了不招人醒目,统一穿起白衣偷偷下凡。哪知,还没在白水仙山顶上站稳脚跟,就被玉皇大帝发现了。可怜的仙女们还来不及欣赏人间的美景,就被前来捉拿归天的天兵天将追赶得四处逃散。其中,有十五位仙女顺流水潺潺的山涧而下。逃着逃着,前面突然出现了山崖落差。她们眼一闭,一牙咬,临崖一跳!王母打开天镜,"哼"地笑了,说:想死?没那么容易!说着,手指一弹,就分别把她们钉挂在了十五处的悬崖绝壁之上,罚体示众。因而,就形成了闻名遐迩的瀑布群。

这一挂就是千年。随着日夜的轮回,风吹雨淋,她们由青丝变成白发,衣裾也早被山水润透,风呜呜地吹着,甚至她们流出来的眼泪,都变成了白色。

我虔诚地在心底里把仙女瀑称着"白儿"。这不仅仅因为她身高百米,体态多姿,飞银溅玉,气势磅礴。更重要的是,我觉得白儿像真正的女人,因为她柔美大气。我仰望着白儿,为她的美丽叹为观止,如有神仙点化,让白儿脱壁而下,我想,该有多好啊!

我希望有那么一天。如果真有这一天,我将等着她,偷偷地躲过媚儿,来一次浪漫的约会。或者把白儿带下山,看一看碧州今天的变化,看一河两岸的秀丽,看竹子产业的崛起,看人民生活的安康……

天亮的时候,我被媚儿轻轻地扯着耳朵吵醒了。她问我,你老是叽叽噜噜地说梦话,是不是想谁啦?

看到温柔漂亮的媚儿,我的脸微微一红,心想,不能再瞒她了。

我告诉她我梦见了白儿。

媚儿吃醋了,只见它嘟起小嘴,娇嗔地看我一眼,说:痴啊你,到过一次白水仙,就梦绕萦回啦!

窑背上的守望

如水的月光,流到我床前的时候,我听到爹蹑手蹑脚的声音,门,轻轻地"吱呀"一声开了,爹悄悄地溜了出去。

夜深了,凉意在老庄的上空弥漫,偶尔几声狗叫,也填充不了老庄的空旷。

这就是我们的老庄,阡陌纵横,树木葱茏,它坐落在赣中南的一座山脚下。尽管现在老庄的人气薄弱,南下北上的打工潮如火如荼,但那些浸透了先人汗水的土地依然是潮湿的,像浸过了油一样,庄稼在上面开花,果实养育了一代又一代的老庄人。

西北边那片土地就是我们的责任田,父母在这里耕耘了几十年。每年,他们在那里艰辛劳作,细心耕耙。为了不使土地板结,我们家的秸秆是舍不得烧的,爹把秸秆沤成肥,全部施进了土地。

在筑水库的那年,我的父母中年得子,他们用箩筐挑着我移民到了老庄。村民慷慨地把这片土地划给我们,因为以前是处窑厂,后来复耕,底子虽然薄了点,但靠近大路,送肥收割非常方便,并且水源极好,小地名叫窑背上。童年的时候,父母把我安放在窑背上玩耍,小小的脚丫子遍及田间地头,而他们则喜滋滋地踩着打谷机收获稻谷。都说土地能长出金子,身无一技之长的父母,硬是凭着这片土地把我供上了大学。

而今,他们都老了,娘又体弱多病,每天的饮食起居都要爹精心服侍,对于耕耘了几十年的土地,爹真的是心有余而力不足了。

我大学毕业后,有了一份很好的工作,孝敬父母是我永远的心愿,我要他们跟随我而去。可是,爹总是说离不开耕种了一辈子的土地。

今夜,爹又摸索着出了门。

我想,爹应该是趁着月光去看窑背上。此时,星星在天上微微地眨眼,地上朦胧一片,随着现代农机的普及,收割机剪出来的稻茬一律向上,四周静悄悄的,孕育了一年的土地也像是睡着了。

爹说过,我们南方的土地是有能力足够种植三季作物的,因为土地储有温度,入冬的油菜风霜雨雪都不畏惧,籽粒榨出的油,比山茶油还香。可是现在的人都一股脑儿地往城里跑,人也懒了,牛的腿儿又野,种不了啦!

爹叹息。爹已经六十七岁了,古铜色的脸上被岁月的刀刻得淋漓尽致。他夜里总是睡眠不好,娘最讨厌爹的辗转反侧,碰到实在憋不住的时候,娘就说他,我看你是想去那边了!爹就自嘲地嘿嘿着:"我就是闭不稳眼,想去那边,阎王爷也不收啊。"

娘知道他在想心事,特别是王二毛回来之后。

王二毛是我们老庄的首富,在广东赚了好多钱,跟人的关系铁,只要想办事情,就有很多人帮他画轱辘想办法。因窑背上靠近大马路,且旁边又有黄土岗,如开窑厂,是得天独厚的位置。王二毛眼珠子骨碌,果真看中了我们的窑背上,他对爹说:"窑背上生来就是开窑厂的,财神爷向你招手呢!"

王二毛向爹开出了每年三万元的租金,娘动心了。爹说,他要把我们的田土挖去烧砖卖!爹不干了,娘拿他没辙,娘清楚爹的犟劲上来,就是出动十头牛也拉不回来,老庄人都说爹蠢,说爹累死累活一年也难赚三万块钱。

王二毛不满,眼皮一翻,说,你都老得弓成一只虾公了,还能种几年地?流转承包,知道吗?

爹不理睬王二毛,可是,不知咋的,就是一宿一宿地睡不着觉。从此,娘就不断地给我打电话,说爹很反常,可能要老年痴呆了,夜夜都去看窑背上,好像窑背上长了脚,怕它要跑了似的。

听娘又说起窑背上,我似乎又见到了那些土地,看见爹吆喝着牛,黑黑的泥土在爹的脚下翻滚,风拂过山野,吹乱了他的白发。

在电话里我担心地问爹,爹依然嘿嘿着,骗我说吃得好睡得好,身体也好着。

我远远地尾随着爹,悄悄地窥视爹的一举一动。

时值初冬的田野,埂上的草开始打蔫,月光在地里肆意流淌,冷冷的风呜呜地吹响,路旁的树梢在婆娑起舞。

爹静静地坐在窑背上,月色把他塑成了一副雕像。不一会儿,爹掏出烟袋,"咔嚓"地按亮打火机,把烟锅燃着了。爹默默地吸着他的旱烟,烟火在窑背上明明灭灭。

爹在想他的心事。

一九八九年,我们老庄遭遇了百年难遇的暴风雨的袭击,短短的半天时间,窑背上面目皆非,山洪把平整的田块冲成了水潭,石砾填满了长稻禾的地方。

娘渺茫,她哭了。没了窑背上,她不知道以后的生活将如何继续，或者说为我求学的将来擎起一片蓝天。

爹却乐观地笑了。此时，他自信地抓了抓拳头，听见自己全身的骨骼都在"叭叭"作响。那时，父母还年轻，他们靠肩挑手提，没日没夜地在窑背上挑土填潭，挖沟护埂。最终，把田块恢复了原状。

完工的那天，是个风和日丽的下午，暖风赶着云彩，黄鹂在树丫上鸣唱。看着那一块块还原的土地，爹忘情地抱起娘在地里旋转起来，他们哈哈地欢笑。最后，他们是真的累了，就势一躺，就四仰八叉地在窑背上睡着了。

醒来的时候，太阳跌进了西山，娘拉了拉爹，说："死鬼，我们该回家了！"

曾几何时，娘不知叫过爹多少回"死鬼"了。按理说，死鬼这一昵称并不好，可爹却乐意听，还美滋滋的。如果哪一天娘没叫，爹就知道娘是真的生气了。

这么多年来，我的父母在窑背上初春犁田夏季收粮，窑背上不仅解决了我们的温饱，而且满足了全家的开销，但也给爹带来了很多烦恼。

王二毛藐视我们是外来户，强行要租窑背上。这天，王二毛给爹扔出一沓厚厚的钱，指挥挖土机就去地里下爪子。爹哪会允许呢？身单力薄的爹，急中生智就在机器下爪的地方猛地一躺。妈呀，把司机吓出了一身冷汗！

那年，爹刚跨进六十岁的门槛，人又瘦又黑，五尺之躯的他就是以这种拼命而又近似耍赖的方式来保护土地，最后，终于唤醒了王二毛的良知。

得知情况，我急忙赶回家，怪爹何必去冒险；再说，王二毛又不是不给租金，一年几万呢。爹突然就来气了，拿着烟杆立马就

要敲到我的头上。爹骂我没良心,说窑背上能用钱来衡量吗?说没有窑背上就没有你的今天!

我语塞,在爹的面前,低下了头。

那时,我忽然想起了一件事。

校园的窗外,雨下得无休无止,一连几天,我都无心听课,为欠下的学费该交而纠结。往往这时候,我特别想爹,好想跟他说说话,或者希望他突然出现。

哪知,爹在我的期许中真的出现了。下课时,他把我拉到没人的地方,很自信地掏出一沓钱,说:"窑背上种出来的。"我眼睛一亮,随即就湿润了……

窑背上是爹永远的话题,他说等这场雨停了,就给地里下花生,倒播的花生好做种,来年春天拿到墟上去卖,就是钱!

爹诉说得津津有味。在爹的身后,是学校栽种了多年的柚子树,树干上布满了密密麻麻的虫眼,树胶渗皮而出。可是,它却还顽强地活着,枝繁叶茂,结了许多柚子。

夜,慢慢深了,田野在月光的映照下,呈现一片惨淡的白。爹的烟锅灭了,爹就坐在那里,良久良久。

我不放心,走近一看,没想到,爹却在窑背上睡着了。我说,爹,你怎么啦,家里的床不好吗?还跑到地里来睡!爹醒过来,"叭叭"地动了几下嘴巴,像是刚吃到了什么美味似的。爹不满地说:"你何必跟着我呢,不就是在这里打了个盹吗?"爹左右看看,挠挠头,说,"是啊,真怪呀,没料到睡在这里还挺踏实的。"

我按亮手电筒,跟爹往回走。不知不觉,下露了,露水打湿了我们的鞋子、裤脚。走到路边那块醒示碑的地方,爹停止了步子。这是一块用水泥、砖块砌成的碑,碑虽不大,但威严耸立,上面写着:农田保护区。

爹在田埂上抓起一把枯草在碑上擦了擦。碑是不久前立的。那天，爹去窑背上干活，看见村主任和几个人在这里竖碑。村主任看到爹，就给爹介绍土地管理所的戴所长。戴所长早就听说爹的故事，他友好地跟爹握了握手，笑着告诉爹："老哥，你再也不用担心这窑背上会怎么样了，土地都立了法呢，如还有谁不合理地利用土地，政府就跟他没完！"

戴所长字字铿锵，说得爹眉开眼笑起来。

一夜过去，老庄在晨曦中醒来，气温和湿度给土地盖上了一层薄霜。爹站在屋檐下，无限感慨地望着这片老庄的土地，说："今年的霜来得真早啊，霜一打，病虫害就少了，明年又是一个丰收年！"

白花　白花

我很少对人说起我的父亲，觉得他把我抚养成人完全应该，是理所当然的义务。他的个头不高，身材瘦小，三十岁时就驼背了。他的脸膛不端正，当你看到我的父亲，我想，留给你最深的印象就是那块疤痕了。疤痕在他的脸上，特别显眼，又黑又皱，他剧烈说话的时候，那些皱就一蠕一蠕的，像有几条蚯蚓在上面拼命地爬。

他很不情愿说起这块疤痕的来历。那年我才十岁，妹妹八岁，母亲又卧病在床，一家四口，全指望父亲一个人的工分养活。父亲力气小，别人十分，他只能挣七分。因此，我们家年年要超支,碰上生产队杀了猪,分肉的时候,队长总是要少分半斤给我们。父亲也没怨言,把肉拿回家,和上大萝卜,倒几瓢清水,灶火一烧,肉香依然扑鼻。

有一年腊月,刚好遇上生产队闲冬,北风呜呜地刮,雪飘了三天三夜,大队供销社断盐了。满叔们决定去当挑夫,翻越蛇子岭,去三十里外的合江墟把盐挑进山来。听说能赚钱,父亲说他也去。满叔们挑一百斤,父亲只能挑七十斤,瘦腿晃啊晃啊,挑到蛤蟆崖的时候,脚下一闪,连人带担子一起滚了下去。

父亲捂着半边脸回到家,愧疚地站在母亲的病床前,母亲心疼之余,说:"跨过这条沟,就没那条坎了。我们还是干点别的吧。"

我的父亲养猪了。那时,也有农户在养猪,但我们养的猪与他们的不同。别人家养的猪,养大了就白刀子进红刀子出杀了卖肉,而我们家养的是那种爷生崽崽生孙的种猪。母亲觉得非常划算。

当然,说起这些,现代人不足为怪,而今大型的养猪场比比皆是,饮水、饲料都是自动供给,为了提高出栏率,有条件的还给猪装上了空调。

父亲在屋后择了一块地势较高的土地建栏,整平,挖一个半米深的坑,在周围围上栅栏,蓬顶加盖茅草,母猪就算是在这里安家了。种猪是托大伯从公社食品站引进的优质良种,黑黑的身上还点缀着白花。父亲说,猪价是贵了点,但食品站肯赊账。

父亲给这头猪取名叫白花。取此意不仅仅是猪的身上有花点,更重要的是父亲要把它当着一个人来呵护。

白花是用猪轿扛回来的。所谓猪轿就是劈两根毛竹,织上网绳,像担架一样,两个人高高地抬在肩上。抬的那天,攀蛇子岭,白花哼哼唧唧地撒了一泡尿,把父亲淋了个透。可猪尿不骚,父亲觉得还散发着香气哩!

从此,父亲起得更早了。每天吹工哨响起之前,父亲就从大沙窝摘回了一篓满满的猪草。猪草又嫩又绿,剁碎,用温开水一烫,撒上细糠,白花特别爱吃。白花吃食的时候,猪脑袋一点一点地,尾巴在屁股上甩来甩去。父亲笑眯眯地看着白花,满眼的喜爱。

仲夏的太阳最毒,把树叶和庄稼都晒蔫了。猪圈的篷顶矮,一股股热浪直逼白花,只见它一个劲地用嘴巴拱土,加上蚊虫叮咬,不几天就起了一身的痱子。白花整天在木栅栏上蹭痒,嗷嗷直叫。父亲急了,给白花抹上山茶油,也不见好。这天,父亲打开圈门去喂白花。不想,白花一个箭步就跃出了猪圈,一转眼就消失在树林子里了。

那是一座野林子,古木参天,荆棘纵横。那些穷疯了的猎人喜欢在那里放夹子,我们都不敢贸然进去。然而,父亲却不容多想,穷追不舍。不一会儿,意外发生了,"啪"的一声,父亲踩中了一只海碗大的铁夹子,弓枝条一弹,就把父亲高高地悬挂了起来。

父亲负伤了,却还坚持要把白花找回来。可上哪去找呢,茫茫林海,险象环生。乡亲们都说:"丢了就丢了吧,说不定,它就是只害人精呢!"

几天以来,父亲就像失了魂魄一样,唉声叹气,觉得白花跑了,他的希望也跑了。

没料到,在白花走失的第四天的夜里,我们家的后门不知被什么东西拱得"砰砰"直响,父亲一瘸一瘸地去开门,看到的却是白花!

父亲惊叫起来。这是个可喜的夜晚,我们都庆幸白花的失而复得。父亲拿来猪食让白花饱餐了一顿。从此,父亲再也不把白花关在猪圈里了,就让它自由自在、安安稳稳地躺在门前的大树下。白花不再跑,除了吃就是睡,优哉游哉。

白花快乐地长大。秋末,白花发情了。我们山里人称发情叫"走路"。开始"走路"的时候,白花人前人后地跟,还去蹭父亲的裤腿,走到后来,就不吃不喝,站着不动,像懵了似的。父亲说:"走谜了!"于是,就赶来猪牯交配。

四个月过去,季节已经转换到了春天,布谷鸟叫了,山上满眼的嫩绿,天空,时晴时雨。父亲扶起犁赶着骚牯,犁开了春天第一坯新泥。而白花却老老实实地走进了猪圈。

怪呀,怎么白花还睡起猪圈来了!我把消息告诉病床上的母亲。母亲高兴地说:"傻孩子,白花要做妈妈了!"

白花分娩的那个晚上,父亲一夜没睡,他给猪圈垫上干草,白花侧躺在圈里痛苦地叫唤,每哼一下,都牵动父亲的神经,仿佛分娩的是他自己。随着白花悠长的一声尖叫,第一头粉红色的小猪出生了。猪崽四腿乱蹬,小嘴巴蹭来蹭去。我说,它想吃奶呢。父亲听了,就把小猪崽捉进白花的怀里。

早晨,我从床上爬起来,来到了猪圈,一数,哇,十六只猪崽!我高兴地告诉母亲,母亲的脸上又绽开了笑容,她说:"以后供你们上学就不用愁啦!"

产后的白花食量特别大,父亲陀螺似的,更忙了。为了给白花增加营养,父亲在猪食里还增加了米饭,这样一来,父亲碗里的稀饭就更稀了。

或许是供乳的缘故,白花的嘴特别馋,动不动就钻进菜园子里去偷吃。父亲想了个办法,织了只铁线笼子,往白花的长嘴巴上一套,白花奈何不得。父亲拍拍白花的头,笑着说:"你都占到了我的口粮,你还想独吃啊?"白花"哼哼"地只得回猪圈去。

　　饲养了两个月后,我们的猪崽出栏了,有了父亲的精心照料,我们家的猪崽长得毛色红亮,又胖又壮,左乡右邻的大队养猪场都争着来购买。父亲攥着那沓钱,嘴巴都笑歪了。

　　想起有猪崽卖的那些日子,我们格外昂首阔步。母亲的药费也有了着落,父亲说:"有了白花,今后的日子就好过了!"

　　我一直记得那个猪圈,阳光中,风雨后,因为白花的入住,我看到了生活中吉祥的光环。父亲每天收工回来都要去看看猪圈,看看白花,用眼睛和抚摸去跟白花对话。

　　一九九八年秋天,我拿到了高中录取通知书,没想到,父亲却显现出茫然无助的样子。待到开学的那天,父亲才向我说实话,他说前段时间,母亲又大病了一场,把卖猪崽的钱都花光了,现在只有让我空着手去报到了。我不说话,眼睛看着别处。但那天,我还是启程了。

　　过了一段时间,我们校园的窗外下着雨,一连几天,我都无心听课,为欠下的学费而纠结。往往这种时候,我特别想父亲,好想跟他说说话,或者希望他突然出现。哪知,父亲在我的期许中真的出现了。下课时,他把我拉到没人的地方,很自信地掏出一沓钱,说:"白花给我们赚来的!"听他说起白花,我似乎又看到了父亲踩到夹子,一瘸一拐的情景,还有白花分娩时的痛苦。我的眼睛湿润了。

　　春去秋来,七年过去了,白花忠诚地为我们家生崽效劳,它几乎从来不生病,下的猪崽也很健康。在我读高二的那年,白花突然一反常态,就知道吃了睡,睡了吃,一点也没有"走路"的征兆了。父亲说,白花老了。

　　这一年,我们家的收入极少。

不觉间，又到了开学的日子，父亲叫我先去学校，学费的事情他会想办法。我不想再上学了。父亲听了，就火冒三丈，他说："这么多年都过来了，就算砸锅卖铁，也要把你供出来！"

不几天，父亲来到了学校，他很沉重地掏出钱，放在我的手上。在他转身的一刹那，我发现父亲流泪了。我问："爸，你怎么啦?"父亲好久说不出话来，哽咽地告诉我，他把白花卖了。我一惊，忙问："白花是卖给别人养吗?"父亲泪流满面，说："白花已经不能再生崽了，谁还会要呢？卖……卖给肉贩子了。"

这一刻，我有些恨父亲。想到白花的死，我再也控制不住了，泪水如黄河决堤。

一晃，十多年过去了，我还常常想起这些事。也许这就是白花的宿命。我不禁感到了悲哀。很多时候，我们总是在无耻地安慰自己，仿佛自己看到了白花无怨无悔地走向砧板，或者看见白花依然躺在大树下呼呼大睡。

小乡长

其实应该叫你刘副乡长的。至于种田人喜欢乡长乡长地叫你，那是对你的尊称。

你长得也不帅，矮矮的，有点弱不禁风的样子。大热天的，你出门从来不戴草帽，日头硬是把你晒成了个黑不溜秋。也不知温婉的小梅看上了你哪一点，当初不顾父母的反对，死活要嫁给你，每当你们在牛牧河的峪风口散步，小梅就笑你，说这么大的风啊，会把你吹跑。而你,立即在她的面前扎一个桩步,塑一个金刚的造型,坏笑地回答:你又不是没领略过,给你来个猛虎下山的时候,你就忘了?

你所在的乡,是个大乡,有人说过,从一村走到二十八村,足足要一天一夜。林子一大,什么鸟儿都有。蛇形的山路上常常能看到你骑着摩托车雄心勃勃或者灰头丧气的身影。

游家在西安是个数得着的古村,老屋成群,马头墙耸立,石框子窗别具一格,门板上游龙走凤,学者说是老祖辈给我们遗留下来的宝贝。而这里的村民却认为老屋老了,要拆了做三层小楼呢!

为了保护古村,你三番五次地劝说,可村民不理解,口水喷了一脸,手在你的面前指指点点。

立冬了,一片萧瑟的田野,枯黄的稻茬乱七八糟。工作没做成,你还惹一身骚。你没趣地走出村子,左看右看总是不见了自己的那辆苍狼牌摩托车。那是小梅硬要给你买的苍狼啊,说你们没钱,买不起四个轮子的,怎么着也得买辆上档次的摩托车吧。只要每次你骑上苍狼,你就会想起小梅的好,心里就暖暖的,哪怕再苦、再累、再委屈。

然而,现在苍狼不见了。你急啊!最后,你发现苍狼被人推翻在小溪里。这时,溪里的水不深,但寒冷刺骨。你脱下牛皮靴,挽起裤脚,下水扶车。无奈,上岸的码头太高了,车怎样也推不上去,反被苍狼压倒在水里。水冷咬骨,你饥肠辘辘,一个刚蓄谋的喷嚏,冲口而出。

你感冒了。在大学的时候,你感冒一般是不吃药的,只喝开水,睡觉的时候再把身子捂得严严实实的,出一身汗就没事了。然而今天,小梅却命令你必须吃药。小梅说,发烧最容易伤肾,男

人肾不好就不是好男人了。

　　驶下高速,车驰骋在乡间、国道。侧目窗外,久居城里的人会被那宽敞的环村马路、一排排人畜分离的房屋、美丽的休闲广场而惊叹不已。可有谁知道这点点滴滴凝聚了你们多少心血?

　　首先要过"拆"字关。自古以来,农村环境的脏乱差是很突出的。在城里,你若碰上"三急",那些漂亮的街道、整齐的门庭、体面出行的人、一仰头而使帽子掉地的高楼大厦,会使你急上加急。而在乡村,茅房厕所比比皆是,村人为了方便还特意建在村口。整治规划,改水改厕,大刀阔斧,就是要在这些地方下功夫。

　　那短短的两个月,你更瘦了。你不停地向村人宣传、调解、解释。在横七竖八的茅坑厕所旁,你有指挥家般淡定的雄姿,挖掘机巨臂一伸,铁指一弹,烟尘就在你的四周翻滚。你满脸污垢,一咳,是很稠很稠的痰。

　　你对辣嫂的印象最深刻。她是个被日子折磨得穷困的女人,家里还拖着生病的丈夫,为了得到不该有的拆茅坑补偿款,招数用尽也得不到你的许可。最后,她捶胸顿足,哭着要去悬梁。你从忙乱中惊醒,走上前去拉啊劝啊,辣嫂气不过,不偏不斜,就在你的鼻尖上咬了一口。你一声大叫,心想,完了!

　　小的时候,你见过一个没鼻尖的男人。别人的鼻孔向下,而他的鼻孔却朝上,遇上大雨,他只得低头鼠窜。你问母亲,母亲说,都是那场大火的罪过。而今,你没遇上火,却因为工作被人咬了。

　　还好,只伤了点皮肉,小梅说,感谢辣嫂嘴下留情,要不,谁还肯跟你出门啊?

　　你拿着图纸费着口舌想着办法,天天在新农村建设点奔波,偶尔喝上一顿老酒或吸起一支施工队长递过来的好烟,你就会觉得生活就该这样,有滋有味。厕所茅坑很快整为平地,待而崛起的是一排排井然有序的新房,花钱不多、古色古香的小径,翻修完好的古建筑老祠堂,绿草如茵的休闲广场……

这些天来,你最怕见到辣嫂,不是因为她把你咬了,而是她的胡搅蛮缠和无理取闹,或者朝你拜天拜地的愚昧使你锐气大减,该避的还是避开吧。

这天,你远远地走来,辣嫂又在向你跪拜,口里迸出一串骂人的连射炮。你微笑着,似有足够的底气,你说,辣嫂别拜啦,快带你老公上医病吧,乡里给你们叫了救护车,马上要到了!

你记得好久没陪小梅上医院了,小梅妊娠反应很强烈,而你天天在施工点上跟人说啊干啊,甚至像打架一样地拉拉扯扯。落日衔山,你拖着疲惫的身体,焦头烂额。第二天,不知为什么你却又信心满怀。也许是小梅枕边的功夫了得,抑或是还没出生的孩子给了你无穷的希望?

游家的宗祠很大,分前、中、后栋,飞檐翘角,画梁充栋,千年来,繁衍的游家子孙在这里举行出生、婚娶或者归土的仪式。威武的马头墙,高大的石狮子,更使这栋古建筑气派非凡。

为了使这个新农村示范点更具视觉效果,你挖空心思,在大山里找来一根又大又直的树木做旗杆,杆的顶端系上写着"千年古村"的旗帜。

烂冬的季节是很糟糕的,雨不大,总是连连绵绵。你和施工队员们用支扛慢慢地竖起旗杆,雨,从你们的头顶流进了眼里、嘴里。而村民却站在屋檐下看热闹,认为你们这样做是没有意义的,无论你怎样号召,他们就是不肯上前支援。

雨还在下,你们越来越感到吃力。最后,支扛一偏,旗杆迅速下滑。你的心里一沉,人们"啊"地发出一声尖叫。

就在这千钧一发时刻,人的良知终于觉醒,村民们不约而同地突然跑了过来,伸出手拿起扛,最终顶住了即将倒下的旗杆,把它竖了起来。

这是最具象征意义的旗帜,茫茫的天空下,"千年古村"在猎猎飘动。人们欢呼着,仿佛心跟心的距离一下子就拉近了。

锣鼓一敲,游家村新农村落成庆典拉开了序幕。那宽敞的进村路,修葺一新的古屋墙,别具特色的亭台楼阁,村民游乐健身的小广场,摇篮里,孩子在那儿荡来荡去……

人们欢天喜地,鞭炮齐鸣,狮子舞跳得惊心动魄。

祠堂里在大摆宴席,借此机会,游家村的村民们在这里以东道主的身份,来特意感谢为他们建设家园的功臣。

辣嫂跟她病愈了的丈夫端着酒碗在人群里走来走去,怎么也没找到你,面对空空的上席位,他们顾盼门外,大声地说:刘乡长,这碗酒,我们要敬你呀!

本来,你是要去参加庆典的,游家村的老酒太香了,还有那羊头肉……

你非仙人,舌尖上的诱惑总是会使你神驰神往。小梅说,我们好久没回去看爸妈了,尽孝不能等呀!

你笑着,一股劲儿地点头。跨上苍狼,你们翻过山梁,小梅紧紧地抱着你,开心地朝山外驶去。

评低保

我们村是个小村,八个自然小组,一千二百号人口。其实常年在家的也就五六百人,不说你也知道,留守的都是些老弱病残。上级下拨的资金非常有限,更别说有能力去搞大吃大喝铺张浪费的那一套了。村主任是行政长官中最小的官,都说当官就是好,可我们村里的村主任却没什么好当的。

首先是工资少,再就是事情繁杂,比如调解群众纠纷啊,落实查环查孕啊、传达会议精神啊、鼓励群众养鸡养鹅啊等等,弄不好三天两头还要受村民的骂。看到村主任忙,王二癞痢就撇撇嘴,说:一年到头就领那两千五,如我,才不尿那一壶哩!

现在八个村小组组长都有要撂担子的预兆,这下可苦了村主任。这不,明天又要开会了,村主任只得低声下气挨个打电话。一遍一遍地打,这个说头痛那个说脚痛,王二癞痢唯利是图,干脆就说:是不是有钱发呀?

还真被他言中了,就是讨论发钱的事。

都听说有钱分发,九点没到,八个组长都一个不漏地到了。村主任说:辛苦各位,今天是有史以来到会人员最齐的一次,这农忙季节,叫大家来呢主要是讨论吃低保的事……

啊?听到这里,八位小组长就不高兴了,心里说,你不是骗我们吗?村主任继续说:这些年,也多亏你们支持村里的工作,报酬少是少了点,我心里也不安啊!

太热了！村主任吩咐会计把电风扇开开。今年的低保户呢，村主任说，还是在残疾、重大病痛和天灾人祸的范围中产生。今天，申请低保的人要来的都来了，有困难的都来个竹筒倒豆子，好不好？

好！好！人们就鸡一句鸭一句，热闹起来了。王二癞痢站起，倏地把他的四季帽捋了下来，还晃头。众人顿觉眼前一亮，王二癞痢那颗不易示人的秃头一如胜利的旗帜在迎风招展。王二癞痢说：我苦哇，大热天的，别人不用戴帽子，我却要戴帽子！

人们哈哈大笑，就逗他：不戴帽子不成吗，还怕把你当秃驴卖了？

没想，王二癞痢却哭了起来，他说：不戴帽子不行啊，苍蝇会在上面生下一代哩！这一说，大家笑不出来了，村主任神情疑重地说，是实情，癞痢的苦，三天三夜说不完。该考虑的还是要考虑。下一位。

哪知，村主任的话音刚落，鼻涕包和瘸子拐就急不可耐地同时站了起来。村主任向瘸子拐努努嘴，你先说吧。

瘸子拐受到鼓舞，干脆就离开座位在过道中像模特走秀似的走了起来。来来回回地走，走时，他的身子比平时斜得更厉害了，左腿一屈右腿一抬，那个大大的磨盘屁股就醒目地往上翘着，张扬得，生怕人家看不见。瘸子拐边翘边说，你们瞧瞧，你们瞧瞧，我瘸子拐容易吗？别人走三步，我得走五步。说到伤心处，瘸子拐也泪流满面。

这时，"吱"的一声，坐在他旁边的鼻涕包放了个又粗又响的屁。臭气袭来，人们纷纷捂住鼻子。瘸子拐认为他有意而为之，心头不服，就质问鼻涕包：你凭哪一点认为我说的话像在放屁呢？

你管得着吗？鼻涕包不满了，拉屎放屁天经地义！

好了好了！村主任打着圆场，说：瘸子拐都瘸了三十年了，至今还是一人吃饱全家不饿，老婆都不晓得在哪里的人，真是没办法。

轮到鼻涕包发言了。顾名思义，鼻涕包就是鼻涕多，由鼻炎所致，人走到哪，鼻涕就流到哪，因呼吸受阻，嘴巴还必须整天张得像窑孔似的，都二十年了。鼻涕包说：我就不该出生，别人金包银包，而我却落了个鼻涕包的外号。夜夜还得往鼻子里喷药，花费的药费都可做栋房子。话一说完，鼻涕也出来了，于是，又哗地抹了一把鼻涕。

触景生情，村主任感叹地说：有，就是该有福；没，就是该没病啊！你们说说，鼻涕包的情况，合不合适吃低保呢？

会场闹哄哄地，有人说合适，有人说三组的龙婆婆有女无儿病得起不了床，更适合吃低保。讲来讲去，结果，想吃低保的大有人在。

王二癫痫看到这情形，忙补充道：年年评低保，今年无论如何也得轮到我吧？

僧多粥少啊，村主任说：今天是初评，最后还得上面定夺。评上了的固然好，没评上的呢，也不要生气，因为明年还有机会。

说到这里，村主任把眼镜摘下来，揉了揉疲劳的眼睛。这时，有好心的人说：村主任，你也评评自己吧，你看你的眼睛！

哈哈，谁还不知道我是个独眼龙啊？没事的，还是把低保留给更需要的村民吧！说完，村主任复又把眼镜戴上了。

黑　血

　　从来到这家工厂起，沈德明断了多年的梦又续上了。说是梦，其实是一段往事。这些日子他总是睡不好觉，一上床，祖母的那只血淋淋的腿就在眼前晃动。

　　祖母说，那年的雪整整飘了一个多月，满世界都冻成了冰坨坨，风夹着雪花呜呜地在天地间横冲直撞。

　　祖父死后，祖母为了生活，她重操了逮野猪野牛的旧业。但祖母怎么也没料到从暗暗的陷阱里拉上来的竟然是一个掉队的鬼子兵。鬼子冻得奄奄一息了，一声哀求，善良的祖母就动了怜惜之心。后来她把鬼子背回了家，给鬼子生火取暖，并给他饭吃。不想，在第二天夜里，鬼子却蛮横地从祖母的怀里拉开了正在吃奶的父亲，要奸污祖母。祖母奋力反抗，鬼子恼羞成怒，竟操起一把刀对祖母砍了下去！

　　当然，那是很久以前的事了。现在，一座鬼子的孙子创建的高科电子工业城登陆萌城，沈德明朝钱看，也进入了这家工厂。

　　今天又下起了雪，北方的雪一飘起来，就没完没了。手机在七点半的时候准时闹响了。沈德明就慌忙地从床上蹦了起来，穿衣洗漱，几分钟后，他就打开了出租房的门。为了给妻儿多寄点钱，沈德明早上已经不喝牛奶了，他从快餐店里买了两个馍就一边啃，一边顶着风雪去上班。

　　来到厂门口，沈德明遇见了瘦瘦的陈洪。陈洪是前天厂里招来的寒假工,十五六岁。在车间里的那条流水线上,陈洪就坐在沈德明的旁边,沈德明是熟手,偶尔也帮帮陈洪,自己绕线,陈洪剪脚,下一位再点锡……

为了赶工时,短脖子把流水线加快了两个档次。陈洪虎虎生风,两手更是忙得不亦乐乎了。可短脖子主管还不满足,就"哇哇"地叫嚷个不停。短脖子为他的主子效劳,员工稍有不慎,就罚款扣工资,有事没事,短脖子喜欢在车间里嘀嘀哇哇地训骂员工。沈德明有一种被捉弄的感觉,心想,要不是冲着钞票来,打死也不会给他们卖力的!

只要那短脖子一进入沈德明的眼帘,沈德明就会又想起祖母遇害的那个雪天。

今天短脖子又在训话了,呜哩哇啦地,大意是:为了按期交货,大家要快马加鞭。否则,都吃不了兜着走!

沈德明不满地翻了翻白眼。此时,陈洪那一起一落的手忙活得更卖力了。

凌晨的时候,流水线终于疲倦地停了下来,人们开始离座,沈德明隐约地听见陈洪嘟哝了几声,像是抱怨又像是倾诉,心想,来这里做工的人谁都有苦衷。

这时,口袋里的手机震动了起来。

是妻子。妻说:下雪了,你要保重身体!

每当这种时候,沈德明就暖暖的,哪怕再冷再累再苦。

来到出租屋,沈德明回想起短脖子那训人的吼叫声,心想,那时的祖母要是在鬼子熟睡的时候给他一刀就好了!

一连几天的再加班,沈德明快要扛不住了。一声哎哟,陈洪一剪子剪在了手指上,殷红的血流出来,陈洪把手指伸入口里吮了吮,又飞快地忙起来。

晚上十点钟的时候，车间里的供暖系统出现了故障，在这寒冷的夜晚，车间里的温度迅速地降到了冰点。

可是，陈洪由于疲劳过度，却伏在椅子上睡着了。沈德明触景生情，突然想起了自己孤苦的童年，心说，就让他睡几分钟吧！接着，沈德明把自己的大衣披在了陈洪的身上。

就在这时，正好被来车间巡查的短脖子看见了，短脖子二话不说，一脚踢过来，就把陈洪踹在了地上，旋即，大骂起来：懒猪，快起来干活！

这一幕，激怒了沈德明，沈德明倏地从座位上站了起来。

短脖子一个愣怔，问：你想干什么？

我要揍你！沈德明虎视眈眈。

你敢！

短脖子话音未落，沈德明就一拳砸了过去。

这一拳力重千斤，多年来的委屈和愤懑似乎都凝聚在了这一拳之上！

短脖子倒地了，由于痛苦，扭曲了嘴脸，人们不明白沈德明为啥会往死里打他。

不一会儿，短脖子的鼻子流血了。开始是一个鼻孔流血，接着两个鼻孔都流血，后来嘴巴也出血了。令人不解的是，这种人流出的血竟然是黑的！

人　祸

嘴唇上翻，牙龈外露的程大嘴有一对双胞胎儿子，大的叫来金，小的叫来银，很实在的那种名字。兄弟俩四岁了，长得眉清目秀，人见人爱。

程大嘴会赚钱，因此他们的生活过得有滋有味。春节刚过，村里的人都忙着打包带裹地涌向城里的时候，程大嘴却雷打不动地睡他的懒觉喝他的好酒。待安逸到惊蛰，稻种下水，春风拂面的夜晚，他才拿了一挂爆竹在院门口燃响，便开始了他的营生。

此时，皓月当空，南风习习，点缀着嫩绿的田野在夜色的笼罩下蛙声如潮。程大嘴脚穿胶鞋，手里拿着个尼龙袋，矿灯一戴就出门了。只见他蹑手蹑脚地来到了田间，手在大嘴上一捏，就"咕咕"地叫开了。说来奇怪，被程大嘴的"咕咕"声一带动，田间的蛙儿就像比赛似的叫得更欢了。此时，只见一只只又肥又大的田蛙向程大嘴迅速地靠拢，看那一蹦一跳欢叫起劲的样子，哪知，今晚就是它们的末日！这时，程大嘴就尼龙袋子一张，大获而归！第二天，那钞票就在手里数得"哗哗"响。

这就是程大嘴赚钱的绝技，他能把田蛙乖乖地唤来缚手就擒，村里无人匹敌。

从去年起，捕田蛙的能手多了起来，这使程大嘴始料不及。毛大娃子更绝！他充分使用现代科技，只见他拿了录音机，先把田蛙的叫声录下来，夜里再拿到田间去播放。乖乖，比程大嘴收

获还多!

　　眼看田蛙越抓越少,程大嘴心里很着急。今晚是程大嘴捕获田蛙最少的一次。他把轻飘飘的尼龙袋往墙角一丢,桂秀就知道他心情不好,也不说话,只默默地给程大嘴摆好消夜的酒菜。

　　程大嘴越喝越来气,他"啪"地把酒瓶一摔:"不能活了!"

　　"还怕尿憋死不成?"其实桂秀早就想说了,"多种几亩地,日子还愁过不顺畅?"

　　"要种你种,我只会捕蛇抓蛙!"

　　程大嘴说得没错,他还有一套捕蛇的技术。只是捕蛇的季节没到,这个春天也只能听婆娘的话了。

　　桂秀是个勤快人,十几亩稻田被她伺候得枝青叶茂。眼看稻禾就要打苞结籽,可是,一场台风过后,田间的螟虫就在稻丛里欢欣起舞,只几天工夫,好端端的禾苗就被螟虫蚕食了一大片。买来农药,这个"快杀灵"那个"打螟好"的,由于田蛙少了,地里的害虫疯了似的长,治标不治本哩!

　　要减产了。程大嘴眼巴巴地望着蔫了吧唧的禾苗,他只有把希望寄托在了秋天。

　　秋天到了,阳光不温不火,果实也跟着熟了,蒿草却在渐枯渐黄。这时,正是蛇虫出洞频繁的季节,草丛里路边上,蛇趴在那里,正懒洋洋地在太阳底下睡大觉哩!

　　这种时候,正是程大嘴出手的好时机。只见他身子一扑,一个闪电式,右手不偏不斜地扣住了蛇头,左手再扯出了别在裤头上的尼龙袋,眨眼间,蛇便成了程大嘴的囊中之物。

　　这种最佳的捕获时间一直可以持续到初冬。这时的价钱特好,听说蛇落入了贩子手中,蛇胆入药,蛇皮做衣,总之,蛇全身都是宝。

别人捕的蛇当即就拿去卖了,而程大嘴的蛇却要在屋子里放上一两个晚上才舍得交付给贩子,原因何在?除了程大嘴,只有桂秀才知道。

"不好吧?"每逢程大嘴把几只老鼠放入装有蛇的尼龙袋里的时候,她都会这样说。桂秀的心里不安呢!

"有啥不好的?谁的鼻子下面不是个嘴巴!"程大嘴对婆娘吼道。

果真发财有道。待程大嘴把老鼠放进尼龙袋里以后,饥饿难耐的蛇当晚就来了个囫囵吞枣,第二天蛇的肚子就鼓鼓的,一斤可多长三两秤哩。

由于这几年的狂捕滥抓,蛇越来越少了,庄稼地就成了老鼠的天堂。

这天,程大嘴攥了几个尼龙袋又要去卖蛇了。临出门的时候,桂秀嘱咐他一定要买点耗子药回来。

"干吗呀?"程大嘴瞪着眼睛问。

"药耗子啊,老鼠要吃人了!"桂秀说。

"你傻啊你!老鼠满世界乱窜,几包耗子药管屁用!"

的确,地里的庄稼都被老鼠糟蹋得不成样了,老鼠多了,胆子就大,夜里叽叽喳喳地都在唱歌哩。

这一夜,程大嘴做了一个恶梦,梦见自己的两个宝贝儿子也被老鼠吃掉了!

小阳公之死

惊蛰那天中午,天阴沉地黑着脸。患有肺炎的小阳公又剧烈地咳嗽了,咳着咳着,没能坚持住,头一歪,就见娘去了。

来到这边,娘见了就说:"来了也好,就安息吧!孙子知道你来啵?"娘问。

"不知道。我要来这里的时候,乡长给在省里开会的大田打了电话,说我快不行了。"

"他应该快回来了。"娘说。

半夜的时候,大田果真从省城火速地赶回到了老家。同时,大大小小的卧车哇哇地叫着,早就摆满了村里的那块晒谷子的场地。一时间,山旮旯热闹无比,人也形形色色,比如大肚的胖子和一见大田就弯腰哈背的瘦子,大田前脚刚一下车,他们就簇拥了上去。

"他们都是来吊唁你的,托孙子的福哇!"娘告诉他。

一会儿,小阳公被拉去换衣服了。这是一套真丝玉缕、绣龙附凤的高档寿衣,还有那软底鞋儿,锃亮锃亮的都能照见人影。小阳公第一次享用如此穿戴,连娘也没见过,这下倒是算开了眼界!

"儿啊,幸亏你攀上了这么一个好孙子。"娘羡慕地说。

小阳公也自豪地笑笑,他悄悄地告诉娘:"这些都是大田的下属给操办的哩,还有枕头下的那些钱,都是我在生病期间给送来的,我还打算留着下辈子再用!"

这几年,大田官当得不小,小阳公喜在心头。只是生前想去城里跟儿子儿媳妇一起住的愿望落空了。

"你有肺炎呀,传染了我们后代怎么办?"媳妇就这样开导他。大田也依着媳妇。生于斯长于斯的小阳公,在来见娘的时候也没有离开过他的老家。

"你就别发牢骚啦!"娘说,"大田官大,事多,哪还有空围着你转呢? 大田出息了,也是我们祖宗八代的福气,要不村主任怎么可能在你床边端茶送汤的像侍候亲老子一样?"

"也是哦,刚才大田看到我这一身皮包骨的时候,乡长也跟着哭了。他说,'小阳公你也是我的爹哩,没有你就没有大田书记,也就更没有我这赖乡长了!'"

穿好寿衣,小阳公被请进了油漆粉画的棺椁里。现在哀乐奏起,锣鼓敲起,鞭炮响起,一溜溜小卧车的喇叭也叫了起来,如诉如泣,儿子、孙子、胖子、瘦子、乡长、村主任披麻戴孝的,或跪或拜,都来为小阳公作最后的送行。

小阳公得意地躺在灵车上,看花圈迎风招展,纸钱漫天飞扬。心想,这才叫排场啊!

可是,不一会儿,小阳公就被抬进了一个大炉里,还没容他多想什么,熊熊大火把小阳公包围起来,一阵烛筋锻骨,随着最后一缕青烟散去,就把子荣父贵的小阳公烧了个一干二净!

驼背村主任

　　话说在上坑乡,这几年毁林乱伐的风气特别厉害,山上仅有的小树都正面临着砍尽杀绝的威胁,并还有挖根刨土进攻之势。

　　足可见这里的刁民都是些吃光败光不打算养儿子的人。上头的封山育林的公文已下来好久,可是这里山高皇帝远,人们把指示当成了耳边风,依然天天去砍树木!

　　山外的杜乡长听说山上的树木材料都毁得没救了,于是心生一计来了个大众造林。可是通知下来清水漂冬瓜冷冷的不见反应,杜乡长气得怒火胸中烧。

　　就在这时,刘家村的驼背村主任屁颠屁颠地向他汇报来了。说起该村主任工作还很是上进,就是这几年在官场里车前马后地混,把直直的身子混弯了,耷拉着双肩,背脊如犁辕一般的驼。报告说,该村已响应领导的号召,铲好了一大片荒山,还挖了坑坑,只等上级拨下树苗种下。乡长一听,大喜!随即表扬了驼背村主任一番,并约好某日前去视察一番。

　　到了某日,驼背村主任一骨碌从床上爬起,顾不得刷牙顾不得洗脸,甚至连眼窝里的眼屎都来不及抹一下,就为乡长的到来忙开了。

　　待确定乡长一定会来后,驼背村主任就把嘴巴凑到半聋的娘们耳边嘱咐着说:"中饭要搞得丰富点,还需多准备些尖辣椒橘子皮……"

"什么？"还没等驼背村主任把话说完，娘们就把磨盘脸一扭，"又要杀狗啊？唉，从你当了这个倒霉的干部起我们就没养过一条长命狗，上回那条狗明明不贪食，可杜乡长一来，你硬在他们的面前说它老偷吃给杀了。现家中仅一只狗崽，你又……我不干！"

"你个死脑筋，我是说家里的太小也拿不出手，可以想办法呀！那些酒啊肉的你就给我去铺子里买呗。"说着便塞给娘们一张"红皮子"。

"买？狗价贱，现在谁还稀罕那两个钱啊！人家鼻子下面不是个嘴巴？"

"嘿，你懂个屁！前不久都贴了灭狗公告，说癫狗咬人一口便没治了。上级是下了决心要把狗杀绝，现在不会趁……"

其实，上面的灭狗公告下是下了，并白纸黑字地挂在墙上。但真正的行动还是没有动起来。在刘家村历来都有养守门狗的习惯，三五几条的，一，可以用来看家；二，每到冬天便可杀来招待最为高贵的上客。尽管村里的狗多得很，可是不知怎么的，驼背村主任就是买不到。于是他也知趣，并没有挨家挨户去问，而是径直地朝五保户老陈家去了。

由于是冬季，今天早晨打了霜，冰冷冰冷的。陈老汉的老伴正在做饭，陈老汉便坐在灶头烧火，同时也烤火，一举两得。旁边的一条大肚子的狗也蜷缩在柴火垛里一动不动。

驼背村主任一进门，便把目光落在陈老汉旁边的狗身上。

"村主任。"陈老汉慌忙起身。此时，也只有他把驼背当作真正的村主任看待了，因为每当救济款的表格来了，都要请他签字。

"你还在养狗啊！"驼背村主任盯住那狗不放。

"又不是我一家人还在养。"陈老汉的老伴耷拉着脸，"再说它又没发癫,它陪我们都过了六个年头,杀了它就像要我们的命啊!"

驼背村主任一脸的严肃:"这可由不得你啊,军令如山,你知道吗?再说今年的救济款马上又要下来了,你可要带个灭狗的好头啊!"

一听说救济款的事,陈老汉一脸的无奈,头随即鸡啄米似的点个不停:"好说好说。"

于是,一棍子下去,可怜的狗就一命呜呼。驼背村主任轻而易举地把招待乡长的狗弄到了手。他知道,杜乡长唯一的嗜好就是狗肉了。

当狗肉飘香,入口即化时,杜乡长一行人风风火火地来了。

席间觥筹交错自不必说,饭桌上杜乡长大大地赞扬了驼背村主任工作的快捷性和高效性,看到男人能混到这个模样,半聋娘们看在脸上喜在心里。于是。酒斟得更勤了,嘴巴笑得更宽了,浓浓的气氛把兴致推向了高潮。

当吆喝声、笑声渐稀的时候,有的人已经东倒西歪了。杜乡长看看天色,已落日西山,心想,应该回去啦!于是一行人打着饱嗝高高兴兴地视察完毕。

第二年领导班子换届,老书记下台,驼背村主任上任,半聋娘们自然夫荣妻贵成了书记夫人,陈老汉由于献狗有功也顺利地拿到了救济款,真是皆大欢喜!只是刘家村的山还是光秃秃的山,刘家村的水还是清淡寡白的水,待栽的小树苗也迟迟不见种下。

刘大脑袋

开会了！会场就设在队长的家里，昏暗的灯光下挤着几十个脑袋，刘大脑袋的瘌痢头也在这。

会场闹哄哄的，队长嗯嗯地清了几下嗓子，就说话了，今晚叫大伙来就是选财务，老财务不干了，大伙物色物色看谁合适。

论来论去，黄二瓜首当其冲。

队长又说，黄二瓜当选，大伙有意见吗？黄二瓜本分，我看靠得住！

于是，我们都把手高高地举了起来，纷纷赞同。

可刘大脑袋不干，他说，黄二瓜孤佬子一个，队里就放心把钱交给他管？

其实，刘大脑袋早就洞穿了队长的心思，他是贪图了黄二瓜软柿子好捏，财务账能让他任意摆布。

黄二瓜听了，当即就翻着白眼鼓向刘大脑袋，你命好，你瘌痢头当财务得了！

但，我们不乐意，都把嘴撇成了不屑。

队长支持公道，当然，谁都有发表意见的权利，但不能骂人！

谁骂人了？刘大脑袋来气了，我看这样吧，财务轮着干好了，一人一个月！

是啊是啊！有人欢叫起来。

这怎么行呢？队长着急。

好端端的一泓水就被刘大脑袋搅浑了！刘大脑袋天生一个瘌痢头，但他脑瓜子灵活，开春后，我们都在自留地里下薯，而他却种洋姜，那空子钻得年年都让他捞个盆满钵满。

今年的布谷鸟又叫了。当犁翻起第一坯新泥的时候，队长除了及时地号召我们下稻种外，还带领我们致富。致富的项目就是养鹅。

接着，今晚我们又挤在队长的堂屋里叽哩呱啦。

队长说，鹅专吃草，不跟人争食，听专家说，那什么的特高，人吃了不得癌症，山外的价贵得很！

我们听了都特欢喜，嚷嚷着这些年我们是穷怕了，再不翻身就对不起祖宗了！

那这样吧，大伙速速地把数量报来，没钱的就去贷款，明天就去黑山村进鹅苗！队长拍板。

正在大家热火朝天的时候，闷声不响的刘大脑袋发话了，八字还没一撇，就想抱金娃娃？

一瓢冷水泼上来，队长黑着脸，你这搅屎棍，又要臭气了不是？

那就不养了。这时有人打退堂鼓。

谁还不知道你家孵出的小鹅苗卖不出去啊！刘大脑袋不服气地嘟哝道。

好端端的致富会就被刘大脑袋搅黄了，队长恨不得要咬刘大脑袋一口。

碰上这时候，我们就安慰队长，说不必为这种人计较，他刘大脑袋是什么人我们还不清楚吗？

果然，没过几天，刘大脑袋就被公安人员传唤去了。

一脸茫然的刘大脑袋坐在审讯室里就不停地抖。

公安问，二月二十九号的晚上你干什么去了？

没，没干啥子啊，睡觉呢。刘大脑袋不敢看公安，勾着脑袋。

没干什么？那天晚上跟谁在一起？中途又干了什么？快从实招来！公安鹰隼样的眼光盯着他。

没哩，跟老婆睡……哦，想起来了，半夜的时候撒了泡尿。

半响过后，刘大脑袋终于被公安释放了。公安命令他，现在偷盗猖獗，你已被村民列入了不安分子之列，如有情况请你随叫随到！

刘大脑袋不停地点头，心里不禁打了个寒战，想，自己被人告黑状了。接着，他想起了一个人。

这个人就是队长。

可是，现在队长却守候在刘大脑袋的病床边。当昏迷两天后睁开第一眼的时候，瘌痢头就"轰"的一声，还心有余悸。

那天，刘大脑袋在回家的路上被疯牛踢了，踩了后脑勺。是队长把他救了回来，并送进了医院，并给垫付了医药费。当刘大脑袋的老婆一把眼泪一把鼻涕地告诉他多亏了队长的时候，刘大脑袋听了就感激涕零。

十五天后，刘大脑袋顺利地出院了，病愈后的刘大脑袋被牛踢开了窍。

有一天，大伙儿又开会了。队长说，财务就选黄二瓜吧。

没料到，刘大脑袋就第一个像投降似的把双手举起来，还说，二瓜哥老实本分，队里的钱财交给他靠得住！

队长又说，我看我们这穷乡僻壤的还是养鹅好，枫山沟不能再穷下去了！

这次，刘大脑袋就积极响应，鹅专吃草，不跟人争食，听专家说，鹅肉吃了还不得癌症！

有人提建议，养鹅是好事儿，但还是先把技术活学到手再说。

可刘大脑袋和队长就不认这个理，还再说什么呀，等你再说了,发财的活儿就不再发财了!

于是,致富项目就火速上马了,队长家的小脚鹅苗很快被我们销了个精光,队长就偷偷地乐。

可是,后来一场小鹅瘟泛滥,使我们的鹅无一幸免。

大伙儿都傻了眼。

刘大脑袋也傻了眼。傻眼的结果是:刘大脑袋背了一屁股的债。后来,刘大脑袋跟我们一样,也穷得叮当响啦!

老　朱

卖完鱼苗,早市已经散了,经过农贸市场时候,我看见一个农妇还在市场的入口处卖西瓜。想起儿子放假在家,冰箱里没什么吃的,于是就想买几个回去。农妇看我蹲下来,脸皮一皱就笑吟吟起来:"买吗？买吧! 好西瓜,甜透牙根呢!"我仔细一看,"不对吧？哪有这么小的西瓜呢?"心想,蔫了吧唧的,恐怕是倒苗瓜哦! 农妇看我犹豫的,就忙托起一个西瓜敲给我看:"好瓜哩,新品种,又甜又脆又起沙!"看她那卖劲,我笑了:"好吧好吧,就买几个吧!"旋即一想,还是买一个算了,如果真好,再买也不迟啊。

付完钱,我把西瓜放入架在摩托车上的桶里,拐进三岔路口的时候,突听一人大喊我的名字。一看,是老朱。于是,我靠了过去。

老朱五十多岁了,瘦而黑,一笑起来就露出满嘴的烟屎牙。跟老朱有过五六年的生意来往了,但到目前为止,我还不能确定老朱还算不算是我的朋友。每年开春,鱼苗下塘的季节,老朱总会一而再再而三地强调订货,但一谈到价钱,他又是一压再压:"我们老朋友了不是?别人的鱼苗再好,我也不要,就买你的;价钱嘛,我想你只会比别人低不会高对吧?"我能说什么呢?便宜点就便宜点吧,也难得他照顾我生意的那份心了。老朱年年买鱼苗且年年赊账。但老朱也守信用,成鱼一上市就把欠我的那份账付了。付账的当儿,依旧要瞄瞄对面的那座酒家,嘴角一嘻:"喝两盅吧?"自然是我请客。

三盅酒下肚,老朱已微有醉态了,又黑又红的脸上就露出无尽的失意:"还是你好哇,哪像我!"接着就不住地向我大倒苦水,但却不检讨自己。老朱喜欢养鱼,但不舍得下本钱,养鱼不给饲料,就三天两头地供几根斋草,能增产?说着说着就又唠叨起他那个独生子。可能是三十几年前老朱跟他的老婆在床上整得太结实了,所以造就个儿子也老不长个,抬头纹都露了,可媳妇儿还不知道在哪里。来气的是,老朱的一凤二妹三角子等三女却比赛似的长得一个比一个水灵,二十一过,就有中意郎嗅上门来,一二三,一下子嫁了个精光。我劝导老朱:"叹什么气呀!你儿子三十六也不算老啊,给他学门技术,有本领,赚钱就多了,有钱还怕娶不到老婆?"

突然眼前呈现一根烟,是老朱递过来的。他说:"我说你有钱了是不是,想忘记我啊?叫你几声也不应!"我嘿嘿一笑:"能忘得了吗?"这时,老朱就来意见了:"上次你给我的那鱼苗我不满意!""为什么呢?"于是,老朱就数落起来:"个小不说,公公孙孙,第二天就死了两百条,我跟你说啊,欠你的三千三百块钱,就只能给你个整数了!""不会吧?真的死了那么多?"老朱被我盯得不自然了,眼睛一柔,马脚就露出来了:"要不你现在就请我去吃中午饭!"我看看天,"日头还偏东哩,你个饭桶啊!"

老朱没辙了,就围着我的摩托车转圈圈。当转第二圈的时候,老朱发现了我鱼桶里的那个西瓜。那是买给儿子吃的,儿子嘴馋。没想到,老朱的嘴更馋,当即就被老朱毫不客气地抡了起来,不由分说对着西瓜就是一拳。西瓜四分五裂了,没料到这竟是一只没成熟的劣质瓜。看着老朱满脸的失望,我也突然傻了眼,这就是又红又甜又起沙的新产品吗?

离开老朱,从大岔角穿插过去,我选择了回家的小路。没想,那农妇又沿街一路吆喝了过来,还越叫越起劲儿:"卖瓜哦卖瓜哦,卖又红又甜又起沙的好西瓜哦!"

春　寒

来金在茅房拿了把柴刀正要出门,娘就说:"你大海叔不是说今天要去修渠吗?防洪渠里的淤泥有两尺厚了!"

"不去!"来金回了娘一声,走了。

"一定要去!"娘追了出来。

来金头也不回地走了,在村口汇入了那股去上山砍毛竹的人流。砍竹子划算呢,一天能赚一百多!修渠修渠,都连修了几年,公益的活,工钱没有山洪也没见涨,白修了!

但是老天就偏偏那样捉弄人,一阵冷风吹来,来金不由打了个寒战。

辛苦了一天,睡得当然沉了!来金是被娘叫醒的。这时外面的雨已经铺天盖地了,竖渠里的那股洪流正向那一块块的秧田涌去。

"秧苗!"来金一惊,声音有点像哭。因为谁都清楚秧苗毁了就等于毁了半年的粮食啊!

来金鞋也没顾及穿,就这样扑向了黑夜。

幸运的是竖渠里的洪水流到中段就被阻了,温温驯驯地拐着弯沿着刚修好的防洪渠朝低洼处奔去。

秧苗得救了!多好的秧苗啊……

来金暗自庆幸地回到家,刚一上床后屋就传来了凄凄的哭声:"狗子他爸,你不能走哇,孩子只有两岁。就算秧苗全被水冲了也不要在防洪渠里干那大半夜呀!你的病还没断根,前些天吐痰还带着血丝,呜呜……"

来金再也睡不着了,他来到后屋,看见大海叔倒在门边,双目紧闭,头发又湿又乱,身上水漉漉的没处干的地方。桂婶蹲在旁边哭成了个泪人儿。七八个刚从田间巡秧路过这里的人也正围着他,一边摸着他的脸一边捋着他的眼皮,急急地喊:"组长!组长……"

消失的纪念碑

那年,黄镇下了一场大雨。下得山体滑坡,泥水横流,接着,黄镇河就咆哮起来了,浑浊的洪水打着漩涡,像醉汉一样跌跌撞撞地向东奔去。大雨过后,黄镇河的上空出奇的晴朗,夕阳绽放处,彩虹绚丽,天上人间构成一幅极美的图画。

黄镇河边聚集了一群人,看风景。人们面对着洪水,不时地发出惊叹。

突然"轰"的一声,站在河边看风景的两个孩子随坍塌的泥土滚入河里。孩子在水面上拍打着小手,眼看就要被洪水吞没了。有人大声尖叫起来。可是,水太急,人们都吓呆了,就在孩子要被洪水卷走的时候,一个陌生人扑通一声跃入水中。

两个孩子幸运地获救了,而救人者却没了踪影。

第二天,洪水退去,人们在下游的一个河汊里找到了救人者的尸体,他被挂在了一桩树蔸上。

黄镇的人被感动了。谁都不认识这个过路的英雄,不知道他来自哪里,更不知道在那个雨后的黄昏他将走向何方。

黄镇人没有忘记他,除了好好地安葬他外,领导还组织目击者到处演说,并在小河转弯处的路旁立了一块高大的纪念碑。碑高八尺有余,三尺多宽,花岗石造就,上面还刻有领导的亲笔题词:黄镇人民的楷模。

落水的孩子被父亲领着来到碑前,默默地燃起蜡烛,烧着纸钱,磕头作揖地感谢着英雄的救命之恩。学校还组织学生扛了花圈,打着锣鼓,来到碑下,拔草培土,敬礼祭奠。

年复一年,纪念碑成了黄镇人心中敬仰的一座神。

后来却出了变故。

那天,阳光普照,南风习习。领导喝了酒,开着小车,春风得意,就不免飘飘然起来。车行至镇口转弯的地方,突然"轰"的一声,车跟纪念碑来了个亲密接吻。碑岿然不动,车却翻了,领导也受了伤。领导被人从驾驶室里拉出来的时候,痛得龇牙咧嘴。

去看望领导的人都说,要不是那里有座碑,领导也不至于伤成这样。

说得领导的心里烦烦的,就愤愤不平。后来,每当车开到镇口转弯处,领导就心惊胆战。

　　这一年,公路的拓宽工程在黄镇掀起。一天,规划人员来向领导征询纪念碑的迁址意见。领导当即大笔一挥,毫不犹豫地说:"推翻算了,留着还害人呢!"

　　从此,纪念碑从黄镇消失了。

撂荒地

　　师长以前是红星拖拉机操作手,故由此而得名。师长有个儿子叫程争气,天生一双近视眼,离开那副眼镜,白天都找不到北,师长和老婆可没少为此憋屈过。

　　夜里,师长做了个梦,梦见程争气真的很争气,就像一尾红色的鲤鱼,哗啦一声就跃上了龙门。

　　当师长还沉醉在程争气的金榜题名之时,突觉左耳闹心的痛。原来,老婆煮好了饭,看到太阳都晒屁股了,才不得不扯着师长的耳朵把他吵醒。

　　这些年,师长的日子过得孬,靠种田搞小副业打零工,苦拼苦累地,才把程争气供进大学。

　　师长有个习惯,喜欢弯起指头向脑后捋头发。因此,师长黑中带白的头发永远都梳得一丝不苟,服服帖帖地覆向脑后。吃过饭,师长磨好锄头就伙着老婆来到撂荒地。地是好地,用锄头一翻,黑黑的,油油的,只可惜,近年农民都向往城市,土地已经撂荒了,现在杂草丛生,野兔子都准备在田间地头做窝呢!师长低价

包来,要在这里大干一场。

　　累了,老婆就坐在田坎上,揉揉起茧的双手。这时,日头正在他们的头顶上明晃晃地闪着耀眼的光,师长挥汗如雨,身子、锄头好像要溶入这片土地。

　　收工的时候,师长会在小溪里抓鱼。溪水清澈,沙鳖子、宽腮白、小黄鲶什么的都有。完了,就用树枝串起,带回去下酒。

　　师长酒量不大,两小盅,准喝得脸红脖子粗。每逢喝了酒,师长的骨头就叭叭地浑身有劲,且额上光彩照人,在众村人中一站,鹤立鸡群。人们嘴里啧啧的,都说不愧是师长!

　　师长身高体壮,能把祠堂前的打米石搬起,再翻个个儿。村里如有谁老去或者早死,抬扛的八仙中准少不了他,嘿嘿的号子气吞山河。吃饭座席的时候,农人会首荐师长。师长常常也不推辞,心安理得地一屁股坐下去,大块吃肉。

　　七月份的时候,师长开垦的撂荒地小有收成,他捧着钱来到了农业银行,告诉儿子汇款的数目和家里的情况。程争气听了,却在电话的那头,撇撇嘴,傻啊爸,别人丢掉的土地你还租来种!进城吧,我同学的老爸在一个工地上干活一天都拿几百块!

　　师长很失落,想起几个月的挖土,不止指望儿子会夸奖自己几句,没想却遭来一阵奚落。

　　师长不想进城,他说,把老祖宗遗下来的地荒了多可惜哦!

　　第二茬禾苗栽下去后,竟也出奇的好。六赖子看师长用锄头扒拉几下就有了好收成,不禁延伸了他的财富梦。这几年,六赖子在称秤上做手脚靠贩卖稻谷赚了不少的钱。现又打听到在土地上挖池塘用鸡粪养大头鱼钱来得更快,于是,就出高价煽动农户要收回师长承包的撂荒地。

　　师长不干。六赖子说,呸呸呸!你还以为你真是师长啊?结果,俩就对上了。

后来,他们双双进了派出所。师长不尿他那一壶,从所里出来的时候,南风呼呼,阳光普照,师长又习惯性地用手往后理理头发,决然而去。

七月的天,没有一丝云彩,日头毒辣,晚上的干风呼呼地劲吹。师长仰天长啸,老天爷,这种情况很不妙啊!

果然,哪壶不开提哪壶。六赖子囤积的粮仓由于不慎引发了火灾,熊熊的大火映红了村里的半边天。

六赖子的一家哭得一塌糊涂。还是师长果断地拉响了那颗大吊钟,接着又指挥老老少少舀水救火。遗憾的是风助火势,大火越烧越旺;加上外出人员占村人口的百分之八十,人少力薄,大火终没扑灭。为了不使火势蔓延到其他房屋,县长和六赖子等几位壮年攀上屋顶去断火路,六赖子一个趔趄掉进了火海。后来清理的时候,人们发现六赖子什么也没有了,只剩下半只肚子……

在村里,师长还是师长,依然美滋滋地在开垦他的撂荒地。只是,当程争气回到村里听到村里所发生的那些事情时,连说"愚昧"的时候,师长狠狠地给了儿子一记耳光。

耳光很响,师长第一次打儿子。有人说,这耳光声一直在村子里回荡……

家　殇

天上掉馅饼,也要起得早。可是白二都起了多年的早床,也未捡上金元宝之类的东西,倒是有一天早上等他揉过鼻子揉完眼,定睛一看的时候,一堆黑乎乎的东西就在门口等他。

"是哪个缺德鬼干的?"白二扯开嗓子就骂。

这一骂,就把老爹和媳妇惊醒了,于是,全家人都扯天扯地地骂了起来,齷齪的骂声在清晨里格外刺耳。

第二天依然。

第三天,白二早早地就潜在了门口的篱笆旁,此时,天边还悬挂着朦胧的下弦月。突然,白二看见疯了有些时日的堂哥从邻屋的茅草房里悄悄地走了出来,并蹑手蹑脚地来到自家大门口,正撅起屁股要下蛋哩!白二来气了,大吼一声,鲜洋就被逮了个正着。于是,白二就跟老爹一起把鲜洋绑在了大榆树上。鲜洋也不吭声,任无情的鞭子落在他那邋邋遢遢的身上。

"叫你拉!叫你拉!"白二边打边骂。

大大的动静惊醒了瞎婆,瞎婆颤巍巍地摸索过来,就把身体护住鲜洋,还说:"要打,就打我吧!"

可是,谁敢打瞎婆呢?瞎婆是五保户,别说她那老弱病残的身子不经打,就是受得了,政府也不会答应的。

多少年了,无论瞎婆怎样劝说,鲜洋总改不了在白二门口拉大便的习惯。白二也拿他无奈,难道还把他揍死不成?从此,白二的门口苍蝇成群,嗡嗡作响。后来,白二想出了一个好注意。

于是白二买来了一只大黑狗,名曰护家,其实他是想让它在半夜里对鲜洋迅速出击!不想,大黑不争气,雄赳赳的大黑改不了吃屎的本性,鲜洋那一泡臭烘烘的排泄物,正饱了它的口福哩!几番喂养,大黑对鲜洋依恋有加,鲜洋走到哪,大黑就跟到哪,他们游山玩水,在垃圾堆里扒食,或者在马路上睡大觉。更让白二气恼的是,大黑还跟鲜洋上山捡柴草,柴草是捡给瞎婆烧的。鲜洋在外面逛够了就捡柴草,白天捡,晚上也捡,还一捆捆地驮回家,"咚"的一声放在瞎婆的灶门口。

瞎婆也疼鲜洋，做了饭也忘不了要给鲜洋留一口。可鲜洋不吃，却偏去白二家偷吃，鲜洋很能吃，白二家的一大锅子饭能被他吃个底朝天。

白二拿鲜洋没辙。鲜洋吃他们家的，却给瞎婆捡柴草，还把大便拉到自家门口。白二不明鲜洋为啥疯成这样，就问爹。爹就含含糊糊地："你问我，我问谁？"

白二不甘心，又去问瞎婆。瞎婆也没答出个所以，只说："鲜洋苦命，爹娘死得早，没守住银圆，人财两空。"

白二无言，心想，只有躲了。

于是，白二搬家了，房子就准备建在繁华的街镇上。楼房拟建三层，第一层就租给货主开店，二三层自住，楼梯口的大铁门一锁，就鲜洋再有偷吃的能耐也甭想进来；何况街上人多，人见了疯子就会追就会打。主意不错，老爹也笑了。老爹一高兴就把家底抖了出来。白二有生以来第一次见过这么多钱，还都是白花花的银圆，银圆值钱啊！

爹说："老祖宗遗下来的呢！"

"你不是常说我们祖宗八代都穷得叮当响？"白二不解，他知道，爹以前是响当当的治保主任。

爹就不耐烦了："建房子花钱的地方多着呢，你尽管用就是了，还啰唆什么呀！"

这时，媳妇也喜滋滋地走了过来。可是，白二却乐不起来，看着从没挺过大肚子的媳妇和眼前这一大堆来历不明的银圆，不知怎么的，白二的心里有点不寒而栗。

几个月以后，白二的楼房终于落成。鲜洋远远地看着，一副眼巴巴的模样。大黑吐着舌头，忠实地守在旁边。

一天，白二爹忽觉肚子胀痛，去医院一查，诊断：肝硬化腹水。肚子便一天天地肿胀起来，大如鼓，孕妇一般。

白二急坏了,白二捣鼓着要把老爹送往大医院,这时候,他接到了交警的电话。

原来,是财神找上门来了。那一日,踉跄在马路上的鲜洋正饿得有气无力,突然一声刺耳的刹车声,就使鲜洋血肉模糊起来,人刚抬到医院就去见爹娘了。作为死者的唯一家属,白二有权接受肇事者的赔偿。

最为伤心的莫过于瞎婆和大黑了,大黑匍匐在鲜洋的坟包前一动不动,眼里盛满了哀伤与绝望。瞎婆哭得更是死去活来,嘴里还不住地说:"作孽啊!作孽!"

不几日,白二的老爹呜呼哀哉了,嚣张了半辈子的血肉之躯,在这个夏天,终于走进坟墓。只是,白二夫妻俩四十大几了还未见生养,有好事者预测:也许是报应,白家传到这一代可能就到头了!

小镇上的巫老板

饭余,一场秋雨过后,镇子上宽敞的马路旁聚集了一伙闲着无聊的民工。

要说小镇上这几年谁富得快,应该首推巫番茄和乌狗公了!乌狗公病退在家,一月一千好几,今年崽又升官了,真是大话不离口好烟不离兜,开心来劲时就每人一支,个个有份,所以,人缘就好,人们也乐于抽他官崽儿捎回来的好烟。不知怎么的,乌狗公最爱跟巫番茄较劲。这不,说曹操曹操就到了!三十五六岁的巫番茄头戴安全帽,身穿工作服,摩托车上载着他的婆娘,"嘎"地由远而至停在了人群中。

"哇!巫老板,今日在哪寻票子?"乌狗公眯着眼笑嘻嘻地问。

"咻——"巫番茄把叼在嘴角上的香烟一吐:"老哥,不是寻票子,是发财!"

"哦,发财发财!"人们附和着。

巫老板以前是巫师傅,做木工的,因为手艺不怎么好,所以也就一天打鱼三天晒网,当然也就勒紧裤带过日子。但今非昔比,往日的巫师傅成了今日的巫老板,他也最爱听别人这样叫了,过去的那辆自行车也换成了现在的"太子"式,还悄悄地对人透露过:赶明儿把那用久了的婆娘换掉,嘻嘻,来个年轻的。这一切都要归功于他有个灵活的头脑,看见如今盖高楼的多,于是改给工地装模板,带上婆娘,偶尔也请上几位小工,一天下来也进账不少。

"发财怎又不发?这么早回来干吗?"乌狗公不解地问。

"下了雨嘛!我的公司停工了。"巫老板自豪地说:"我给他们都放假了,明天接着生产!"

都听惯了,生产就是给包工头接着装模板。

"大老板就是大老板,都开公司了。"一个外地民工羡慕地说,"现今员工有几多人?"

但巫番茄故意把话题绕开:"没空跟你们扯了,我要去存款!"说着,把一沓"毛主席"高高地举过头顶,像一面胜利的旗帜。

"哇,那么厚!"

"起码有好几千吧?"乌狗公也猜测着。

突然,旁边的一个调皮后生抬手一拍,花花的百元大钞散落

一地。

"莫搞莫搞！"巫番茄也知道是闹着玩儿，于是便没生气，呵呵地笑着忙和婆娘一起把钞票拾起来。

可是，当热闹一阵后，巫番茄把钞票翻来覆去地数了几遍，发现硬是少了一张。

"谁偷了我一百块？"巫老板的脸上开始转阴了。

"不会吧？"民工们你看我我看你。

"在这。"乌狗公从口袋里掏出个大钱包，故意地说。

"一定谁捡了！"又把钱重数了一遍。

"不会吧！十只睛，八只眼的。"乌狗公发现了事情的严重性。

巫番茄再把他刚才那面胜利的旗帜数了一遍，"一定有谁顺手牵羊了！"胸脯一起一伏的。

"一百块呀！我们俩要忙上一整天啊……"婆娘的眼里含满了泪水，只有她知道那面旗帜也来得非常辛苦。

"回去！别在这里倒大粪了！"巫老板白了婆娘一眼。

"你记错了没？"乌狗公提醒道。

"没有！"巫老板没好声。

很静！

但谁都没想到，巫老板却又变得轻松起来，他哈哈地笑道："没事！小菜一碟，权当给大伙儿买酒喝了吧！"

快乐也会传染。于是，又恢复了刚才的热闹。

"啧啧！巫老板就是巫老板，一百元还小菜一碟。"人们又称赞了起来。

送瘟神

　　打脑村有一个叫刀子的年轻人，今年二十八岁了，虽然读书不多，但他的脑袋特别好使。

　　打脑村有一条河，又清又澈的河水从打脑村的门前淙淙流过。人们在河里洗菜洗衣，每年夏秋两季，大人孩子还会在河里洗澡。小时候的刀子也喜欢在河里嬉戏。人们在下游洗澡，不想他却在上游拉屎。父亲知道了，便教训他，把刀子的屁股都打红了。没办法，刀子下次还拉。

　　刀子长大后，聪明的脑袋不断升级，且红白两道关系铁，小眼睛一眨，一个主意，一眨，又一个主意。刀子不种田，不做苦力活，专爱好赌博，在牌桌上哗哗地洗几下牌，百元大钞就滚滚而来。有了钱，刀子就抽好烟就睡懒觉就泡女人，还专往城里的洗浴馆里钻。刀子说，有美女陪着洗澡真的怪舒服呢！

　　有一天，刀子在电视上看到了一个养水蛭能发大财的节目，突然心血来潮要做致富能手。于是，找来木子商量着说要把打脑山下的池塘转让给自己。不想，木子不干。木子从小受刀子欺负，木子恨刀子。刀子怀恨在心，就在一个月黑风高的晚上，偷偷地把几瓶"快杀灵"倒进了木子的池塘里。结果，鱼儿全死了。

　　木子哭了，闹了，但无济于事。无奈，木子只有别了媳妇南下打工去了。

　　木子一走，刀子就打起了木子媳妇的算盘。木子的媳妇长得

俊,白白的脸蛋,大大的"肉包子",再加上翘翘的屁股,真好看。

这天,刀子借讨茶喝为由来到了木子家。喝过茶,刀子的眼珠子就贼溜溜地往木子媳妇的脸上转,问:"木子走了你习惯吗?晚上睡不睡得着呢?"木子媳妇不理他。于是,刀子就故意掏出一把钞票来数。木子媳妇鄙夷地乜斜了刀子一眼,呸地吐了口涎沫,出门去了。刀子讨了个没趣。

刀子是打脑村第一个买小车的人,乌龟壳在村里一转,要多潇洒有多潇洒。

刀子开车有三喜欢。刀子喜欢在村里得意地鸣喇叭,呜呜的声音吵得人们晚上睡不好觉。大伯说:"你别老吵好不好?"可刀子不听,还说:"叫喇叭不犯法。"刀子喜欢飙车,在村路上常辗死鸡撞伤牛,但刀子从不赔偿,还偏偏有理:"阻碍交通,你们本身就有错!"刀子还喜欢载女人,在路上看到年轻漂亮的姑娘就会停下来,用十二分的热情说:"快上来快上来!"可是当人家一上车后,刀子就对人家动手动脚。吃过亏的人,就再也不敢上刀子的车了。

当然,从刀子车上下来的人有时也不乏达官贵人,妖艳小姐,或称兄道弟或勾肩搭背,给淳朴的打脑村竖起了一道另类的风景。

今年槐树开花的时候,刀子打点好了关系,就在打脑山上开辟了一大块土地,刀子要做企业家呢。

资金一融入,厂房就拔地而起。接着,一车又一车的旧塑料旧轮胎源源不断地运到了打脑山上。刀子聘请的十八条汉子轮番地烧铁炉,旧塑胶就在锅里溶解,再加工。

滚滚的浓烟从打脑山上弥漫下来。墨黑墨黑的,像成万只乌鸦布在了打脑村的上空。山上的树被烟一薰,叶儿开始发黄,花儿跟着打蔫,鸟啊兔啊什么的都忍受不了烟雾的蒸腾,纷纷向别处避难去了。由于效益好,钱猛赚,刀子坐在老板椅上就笑得合不拢嘴。

打脑村门前的溪水不再清澈,又黑又臭的脏水从工厂里流出来,汇入了渠里,人们再也不敢到渠里洗菜洗衣,几个不听话的顽皮孩子在渠里洗了澡,结果却身生大疮,人们叫苦不迭。

七月二十八日,是打脑村人送瘟神的日子,这天,家家户户都在打扫卫生,各大小门的横梁上都贴上了纸符,村里还组织了锣鼓队,只要时辰一到,鞭炮燃起,就把瘟神送走。

木子早早地回到了家乡。

村里,只有刀子不送瘟神,刀子不信有瘟神。这天是刀子的生日,刀子正在家里张灯结彩地大摆宴席。刀子坐在上席上,把酒喝得满脸红光,刀子说:"我不种田有饭吃,不养鸡有鸡吃,不送瘟神还不照样吃香的喝辣的!"

可是就在这时,一辆警车呼啸着驶进了打脑村。

当人们还在议论纷纷,弄不清啥原因的时候,刀子却被警官从家里带了出来。刀子勾着头,好像没脸见人,刀子的双手被戴上了一副锃亮的手铐。

刀子开黑厂,犯法! 警车启动,人们似乎才清醒过来。大伯说:"点爆竹啊!"木子不解:"还没到时辰呢。""到了,快点!"

顿时,鞭炮声,锣鼓声,再加上人们的欢呼声,沸腾了整个打脑村。

后来,人们都说:"今年的瘟神送得真好!"

九叔·狗

　　九叔有个怪癖,只要一听到狗叫就害怕似的捂住耳朵。正是傍晚时分,"汪汪"地,对门李大毛的宠物狗又吠了起来,刚刚因儿子回家带来的喜悦旋即便一扫殆尽,那积郁了多年的酸楚又泛上心来。

　　平仔已经三十一岁了,早就到了开花结果的年龄,可是何时才能正平八稳地抱上孙子呢?这种期盼在九叔的心里不知翻腾了多少个日月。分明是不能想的事儿,可心思偏偏就专往那地方奔呢!要知道,九叔只有那么一个儿子,只有那么一个心肝啊!

　　每想起这些,九叔就会从心底深处发出一声长长的叹息,接着眼前和远处便蒙眬起来。

　　记得九叔只对平仔说过一次:"大了,也该处个对象啦。"

　　"找啥对象啊,有自己就够了!"平仔吃着吃着咚的一声把饭碗一撂跑进房间去。

　　立马,九婶的哪根筋又被触疼了,于是愤愤地朝九叔鼓着白眼:"都怪你!"

　　九叔六十八岁了,属狗的。可是九叔恨狗咒狗。平仔却偏要办一所养狗厂,还嚷嚷计划开什么"好口福"大饭店。

　　九叔气得大骂:"你个没志气的东西,狗害了你,你还要去养狗啊?要养,就给我滚出去!"

　　说的是气话,哪晓得平仔脖子一伸:"滚就滚"!

崽大不由爷,平仔真的滚了。

这一滚,就是三年。

三年里,一千多个日夜,九叔九婶整天想着儿子,那无法挽回的一幕曾无数次地啃噬着他们的心。

"爸爸,我有便便。"

"到门口拉去!拉完让狗吃了,刘主任的狗还没吃晚饭。"

"汪汪……"

"哇……"

情景再现之后,九婶不拿好脸色给九叔看:"都怪你,自家都勒紧裤带过日子,还巴结刘主任帮他代养什么狗啊!他不给狗粮,你就用我们的粪便来……"

还没等九婶数落完,这时九叔把头埋得更低了,那是他心底的一块永远的痛。

每当九婶看到这样,就不再数落下去,于是双眼也让一种热热的液体迷蒙起来。她恨九叔。所谓恨,也只能用数落来发泄对九叔的怨气。

平仔打那次跟九叔吵翻之后,捣鼓出了名堂,果真初生牛犊不怕虎,现在他的养狗厂已初具规模,"好口福"饭店也红红火火。

"平儿有孝心,也长脑筋。只是,都怪你……"望着平仔带回的那一大包礼物九婶的眼睛发潮了,接着又数落起九叔曾经的罪过,仿佛又回到了那个血色的傍晚——

"平平他娘,快来呀!"

"啊!孩子怎么啦?"

"平平,那,那传代的给狗咬啦!"

"呜,呜呜……"

九叔颤抖着,无止境的愧疚使他又把头埋下了。

平仔不满地制止着九婶，看着九叔越来越驼的背，深深地说："爸，把头抬起来好吗？你都低几十年了！"

被儿子这样一说，九叔开始无声地抽泣，悔恨的泪在脸上任意地流。

"笑一个！"平仔捧起九叔的那张脸，"我不是活得好好的吗？"

透过泪水，九叔看到了一张充满活力且自信的脸，那神情跟自己年轻的时候就是不一样。

我会关照你

英子的美，方圆十里没人能比，生性懦弱的狗子，今生能跟英子结合，多亏了村主任。村主任比狗子大五岁，高中毕业，看人瞄得准，他说，英子是孤女，心灵手巧会做裁缝。于是，红线一牵，英子和狗子就喜结了连理。事后，狗子买了好酒好肉，再捎上英子做的千层底儿鞋，就去向村主任千恩万谢。去的路上，狗子想，村主任一定会推诿一阵，或谦虚一番。不料，村主任却什么话也没说，顺手一捞，就把礼品塞进了柜子，接受得顺理成章。狗子想，也应该呢，若不是村主任帮忙，我能夜夜抱着英子？

夏天，心地善良的英子对狗子说，我们园地里的丝瓜土豆疯长，就送给村主任一些吧？狗子答得很爽快，好，村主任是我们的恩人，应该的，应该的！于是，五婶家就常年吃着英子种出来的蔬菜。五婶是村主任的婆娘，五婶懒，光放屁不拉屎。

狗子是做苦力的料,长年累月地喜欢外出打工,每次离家,英子都恋恋不舍。好男儿闯四方呢,赚了钱,还了债,我们就能过好日子了。狗子又说,家里你就多担待一点吧,村主任都答应来关照我们家了。说真的,村主任没架子,办事儿一点儿也不比狗子差,风风火火地,又虎虎生威。

一来二去,村主任成了狗子家的常客。一次,村主任又去他们家宣传优生优育的道理,日上头顶的时候也没有回的意思。于是,英子就留村主任吃饭。贤惠的英子,就在村主任的饭碗里埋了三个香喷喷的荷包蛋。村主任吃得有滋有味,在转身的时候,竟然在英子肥美的屁股上捏了一把。

村主任贪酒,馋了就往英子家跑,碰到狗子在家,就说,这一期的计生罚款就算了,下一期……

狗子有些心怯,看到村主任这人模官样的,也只能默许,想起村主任三天两头地往自家里跑,狗子的心里就像结了块疙瘩。

这天,狗子从外地回来,又见村主任在自己的屋子里坐着。英子一边殷勤地给村主任斟酒。三盅下肚,村主任的话就多了起来,看见狗子不自在地喝茶,就笑,你酒都不喝算什么男人呢?若不是我撮合,你这熊样能有英子这张热席子睡?说着就瞄瞄英子。英子一捂嘴,乐。

英子乐,很好看,英子笑从不露牙,嘴一抿,腮两边就旋着一对迷人的小酒窝,村主任就常冲着这对小酒窝而来。酒喝了,饭吃过,村主任就醉了。接着英子就忙给村主任倒上一杯茶。村主任涨着一张关公似的脸,涎着眼,不住地往英子的酒窝上瞄,村主任说,英子是越长越好看,人贤惠且勤快,是把响当当的二当家哩!直夸得英子脸上飞红霞,害羞地低下头来。

狗子坐在桌子前,僵硬地往嘴里扒着饭,心里窝着一团火。

村主任呱啦完英子的好,就不屑地看了狗子一眼,接着便数落起狗子的不是,他说狗子说话轻声细气,像个娘们儿,干活总是拖泥带水,脑瓜钝,办事不牢,都三十岁了嘴上还无毛,哪像个男人呢？

狗子听不下去了,饭碗一放,出去了。

狗子来到傍村河边,清清的河水碧波荡漾。这时,狗子看到了五婶。五婶正在洗衣服,只见她手持棒槌,啪啪地打得水花四溅。五婶见狗子闷闷不乐,就问,那死鬼又上你们家喝酒去了？

狗子不答。狗子就看见五婶从村主任的长裤管里扯出一条绛色三角裤。五婶一怔,迅即就骂开了。

这三角裤是英子的呀！狗子把拳头攥得"叭叭"响,掉头就返回家去。

村主任在狗子家吐得满地狼藉,早跟跄而去了。

这一夜,狗子揍了英子,接着又扇自己的耳光,英子不停地流泪。天亮的时候,狗子心软了,就求英子以后能不能不留村主任在家喝酒了？英子说雷公不打吃饭人,人家是村主任,动不动就念罚款的经,我能赶他走吗？想起那条三角裤,狗子心头就有股猛劲在往外涌。

从此,狗子恨透了村主任,只要他一来,狗子就让他热脸贴冷屁股,狗子再也不敢去外地打工了,从早到晚都围着英子转。

一天,狗子得知村主任因醉酒,掉进了河里,就"哈哈"地大笑起来,接着就在心里说,老天终于开眼了！

村主任死了,狗子就像小时候过年一样地乐。这天,狗子喜滋滋地收拾了行囊要去外地打工,英子就依依不舍地把狗子送到了村口。这时,村支书骑着摩托车"嘟"的一声就停在了他们的面前,那双色迷迷的眼睛还不住地盯着英子看,村支书说,你放心地去吧,英子我会关照哩！

"轰"的一声,狗子头又晕了！

王保长

不知从什么时候起,我有了个"王保长"的外号,碰到哥儿们在一起调侃的时候,"王保长王保长"地叫上几句,我却不当一回事,一笑了之。

不知为什么,儿子却不认同。

儿子性格内向,平时沉默寡言。七岁的时候,偷偷地在我的口袋里掏走了二十元钱买糖吃了。后来被我发现,这天,我特意把他拉到水塘边,黑着脸郑重地对他说:"你跳下去吧!"这时正值冬天,纷纷扬扬的雪花把大地装扮成了个银色的世界。儿子的脸刹那间红了,他抬起头不解地望着我。我告诉他:"你学会了做贼,以后会被人打死的,不如现在跳下去,省得爸爸再含辛茹苦地养你那么多年!""哇"的一声,儿子大哭起来,接着,紧紧地抱着我的腿苦苦地哀求着:"爸,我改还不行吗?我改……"

儿子果然没有食言。

又是一日。天空很晴朗,灿烂的阳光下面荡漾着一丝丝可人的微风。我刚下车,就看见儿子踯躅在回家的路边,我走过去大声地问道:"没放学,站在这里干吗?"儿子一脸的委屈,牙齿用力地咬着下唇,眼里有泪在慢慢地溢出。

我把儿子带到了学校,领到班主任的面前。老师说他跟同学打架了。

我说:"他平常不爱说话,挺老实的。"

老师说:"个性沉默并不代表老实啊！你知道吗？他在课堂上当着我的面把人家的鼻血都揍出来了！"

我哑然。转即一想：儿子一向乖巧，他为什么会一反常态，并且还当老师的面去打同学呢？

后来才知道都是我的那个外号惹的祸，"王保长"也在儿子的同学当中流传开了，不管儿子走到哪里，他们都肆无忌惮地像唱歌一样地唱。

儿子告诉老师，但没引起老师的重视。

儿子已经忍耐很久。这时一个倒霉的学生在课堂上悄悄地对儿子眨眨眼睛又叫"王保长"！

儿子选择了爆发，接着那个人就流鼻血。

我们从老师的办公室里出来。上课的铃声又响了。

我想，学生们可能再也不敢叫"王保长"了！

冰冻三尺非一日之寒。但是这一次，我没有把儿子拉到水塘边，看着走向教室的儿子，心里默默地说：儿子，你长大了……

狂　犬

三伯晚年得子，好高兴，走到哪里都直嚷嚷命不该绝。三婶剜一眼三伯，说：瞧你笑得合不拢嘴的，伢崽出生都一个月了，总得取个好听的名字吧？三伯把头点成鸡啄米，就说：叫忠厚，只要人厚道，走到哪里都有福！

忠厚真的有福，遇上了好时代，在三伯的宠爱中度过了少年，长大后,虽然读书不多,但他的脑瓜子灵活,走到哪都能赚个盆满钵满。

现在正是三九寒冬,昨夜打了霜,今天九点钟的时候,野地里还是白茫茫的一片。忠厚对两只手心哈上几口热气,就钻进了早停候在路旁的一辆大卡车里。

忠厚对司机发了根好烟,手一挥,说:往前往前。

车上,司机问忠厚:老板贵姓啊?

忠厚答:免贵,刀子——这方圆百里的人都知道!

刀子喜欢这个外号,就像自己灼灼逼人的眼神。罗上村的河俚每对着刀子的这种眼神,就会乖巧地把眼皮垂下来。河俚在街上跟刀子面对面地开了一家农资店,生意清淡,再加上受刀子的多方挤压,已经濒临关门的边沿。现在刀子趁河俚被民警带走了,于是就大胆地去装河俚自家砍下来的树木,河俚老实,刀子才不尿他那一壶!

像这种情况,河俚被民警找了三次。一,因村委会的门被撬。二,憨狗媳妇被偷。三,河俚有藏枪制爆的嫌疑。这次是卖假农药,如果控告成功,河俚可要吃不了兜着走!

河俚前脚被民警带走,刀子后脚就叫上卡车去装河俚的树木,高安木板厂这几天材料的收购价格一路飙升,看来,今天准能卖个好价钱。

不料,中午的日头还差一杆高,河俚就被宣告无罪释放了出来。这时,满载了树木的卡车刚开出山嘴口,就被河俚截了下来。

河俚说,你明抢是不是?

刀子一怔:你卖假农药,还没被关起来啊?

河俚气愤地说:我就知道是你做的好事!

刀子说:你血口喷人!接着握了拳头就要揍河俚。

正在他们吵得不可开交的时候,一条狗流着口水,夹着尾巴

东嗅嗅西嗅嗅地来到了他们的身旁。这时,刀子还在强词夺理地直嚷嚷。不料,狗突然莫名其妙地在刀子的腿上咬了一口。

刀子哎哟一声地大叫,顺手就在地上捡起一块石头对狗砸去。狗惨叫一声,当场毙命。

找死啊!看着这不经打的狗,刀子笑了起来,幸亏伤口不要紧,刀子又笑了:真是打瞌睡捡到了绣花枕头,这天冷的,有狗肉吃就好!

河俚受了欺,打碎牙往肚里吞。

过了几天,河俚在去铲树皮的路上撞见了刀子,从来不流口水的刀子今天却流着口水,眼睛红红地直面走过来。河俚好生纳闷,刀子又怎么啦?

哪知,刀子见人就追,还张着口要咬。

河俚忙逃,心惊肉跳地,心想,跟刀子干不起难道还躲不起吗。

晚上的时候,河俚睡到半夜,突然被刀子店里的狗叫声吵醒了。后来狗叫声越叫越响,一会儿汪汪,一会儿呜呜。

天亮了,刀子的店门口聚集了一伙人,但刀子不开门,只听见刀子在里面用手爪子扒拉着门缝,还边扒边叫:汪,汪汪汪……

河俚喊来了三伯。三伯老了,心脏不好,拉风箱似的喘气,三伯喊,忠厚开门,忠厚开门啊……

可是,刀子竟不知道应答,光汪汪地叫。

这时,人们才意识到了问题的严重性,于是,忙捅破窗户。河俚看见刀子流着口水赤身裸体地趴在地上,已经忘了人事,只见他东咬一口西咬一口地汪汪地叫着。

刀子变狗啦!

三伯一听,顿时一脸老泪,为啥会这样呢?造孽啊……

奇了,刀子怎么就一夜之间疯了呢?还疯成了一条狗。这事,只有河俚知道刀子的病情起因。

黑瞎子遇险记

天暗下来的时候,我急切地爬出了洞穴,举目四望,山野弥漫起了一股湿湿的雾岚,夜莺又立在高高的树丫上叫了起来,我抓头挠耳,眼巴巴地看着他朝我幸灾乐祸。时值夏末,虫弹鸟鸣,花果飘香,可我一点儿食欲也没有,"鸣"的一声长啸:"妈,你在哪里?"

我是在去年的春季出生的,满眼的花红草绿,白天我们一起睡觉,晚上再出外觅食,或徜徉林间,或游嬉河里,以瓜果嫩叶充饥,觅蜜蜂鱼虫解馋,那时,我们多快活!

可是,在一次猎人的追赶中,我们母子失散了,从此,妈妈再也没有回来。

起风了,哗哗的松涛淹没了我的呼喊,我抖了抖黑黑的棕毛,想了想,更坚定了去找妈妈的决心。于是,我穿行在无数个林间,走下山岗游过湖泊,甚至来到了危机四伏的平原。

在一个夜幕降临的夜晚,萤火虫忽闪忽闪地亮起灯来。我踩在一块陌生的土地上,当时我又渴又累,正想找个水潭痛饮一番的时候,突然脚下一陷,"轰"的一声,就什么也不知道了。

原来我掉进陷阱里了,当我醒来的时候,就被人绑着抬到了一个大杂院。我"呜呜"地嚎叫,大声地喊着妈,希望奇迹出现,妈妈会来救我。

可是奇迹没有出现,我却被人围了起来。有的是来看热闹

的,他们惊喜我被活捉,还对我指指点点,欢呼雀跃。我淌着泪,请求他们菩萨心肠,要对我心慈手软。

可是,一个流鼻疙瘩的却说:"爹,我要吃熊掌。"

络腮胡横了一眼鼻疙瘩:"你想得美!熊掌我们吃得起吗?"

有人插言:"卖给熊场更划算!"

陡一听,我有了一丝窃喜,心想,熊场管吃管住,像一级野生动物一样被保护起来,真好!

于是,在天亮前,我被平板车拉到了一个隐蔽的熊场。不想,这里戒备森严,围墙耸立,几只凶恶的看门狗还不时地狂吠几声。原来这里是一所非法的熊场,人们为金钱所惑,残忍地从我们黑熊身上榨取胆汁,以求高额利润。一个寒战,我从车上滚落了下来。

松开五花大绑,我被关进了一个铁笼子里,铁笼不大,只容我安身。没了自由,我更加想念妈妈。记得在月色下阳古河里,我和妈妈尽情地在碧波里嬉戏翻滚。妈妈说:"我教你狗刨式吧。"可是,现在的我连转个身都困难,还想什么狗刨式呢?丝丝悲哀从心底泛起,我"呜"的一声:"我要抗议!"

就在这时,一个熟悉的声音从隔壁传来:"呜,孩子是你吗?"

我竖起耳朵,希望这声音再次传来。

"孩子,你怎么也被逮来了?"

啊,真的是妈妈!没想到离别数日的娘竟然在这里相遇了。

"妈……"

妈妈叹气了。原来,自我们从那次失散后妈妈就被人活捉了,从而关进了这里。

不一会儿,妈妈好像被人抬走了。想起妈妈又要离我而去,我心如刀绞,急得就在铁笼里咆哮不止。哭够了,喊累了,疼痛和疲惫使我在昏迷中睡去。

也不知过了多久,妈妈的一声声凄厉惨叫惊醒了我。

我一急,妈妈怎么啦?他们要杀了妈妈吗?我不安了,我愤怒了,"呜"的一声,又歇斯底里地叫起来。

这时,两个剽悍的员工来到了我的身边,他们用铁钳在我的笼子上"嘭嘭"地击打起来:"嚎,嚎鬼呀?"

于是,我也被抬走了。难道他们也要把我杀掉吗?可我还不想死啊!

"这黑瞎子还怪犟的,看来不早点做手术是不行了!"他们边走边说。

走过两条通道,我被抬到了一个大大的取胆汁的手术室里。这里灯火通明,各种用来对付我们熊类的器具应有尽有。我环周一看,妈妈正在这里。

"妈……"话哽咽在我喉咙里却说不出来。

妈妈被戴着枷锁,看到我的到来,无助地摇了摇头。妈妈伏在铁笼里已经瘦成了皮包骨,杂乱无光的毛还脱落了一大块,脸颊上被泪水流成了两条河。妈妈刚被取完胆汁置在一旁。

"呜!"一位熊大哥被绑上了取胆汁的手术台。我看见一个大胡子拿了一棍银晃晃的钢管猛地截入了大哥腹部,绿色的胆汁就随导管不断地流出体外。每吸一下,大哥都要痛得痉挛一次,凄厉的惨叫穿云破雾。

我怕,我浑身发抖,看来,我也难逃厄运了。当大哥抬下取汁台的时候,我却被绑上手术台,也许今天只是个截腹的小手术,但我却害怕得狂叫不止,心想,这么多天来,被逮到这里的黑熊们是怎样过来的呢?这时,我想到了死。

妈妈从我被绑上手术台的那一刻起就躁动不安了,我哀求地望着妈妈,妈妈也心疼地望着我,我在哀号,妈妈却在流泪,仿佛世界末日就要降临了。

在大胡子的手术刀就要刺进我腹腔的时候,妈妈突然"呜"的一声,用力千斤,"嘭"地挣出了铁笼。

"哇!"大胡子等吓得慌忙而逃。

我欣喜!

妈妈走过来,急切地帮我解锁链。可是,解呀解呀,怎么样也解不开,妈妈只好亲吻着我,把小小的我依在怀里,用舌头慈爱地舔去我的泪水,我"呜呜"地叫着,请求妈妈想办法救我。

可是妈妈真的无能为力了,面对着人类的残忍,妈妈也有束手无策的时候。看着被人折磨得不像熊样的妈妈,我恨自己无能,不能保护自己和妈妈。

妈妈直直地看着我,满眼的疼爱与无奈。渐渐地,妈妈的手开始往我的脖子处移来,我正要问妈妈:"您怎么啦?"妈妈却迅速地用力掐住了我的脖子……

渐渐地,我气若游丝。

苟活不如好死,这一刻起,我理解妈妈了。接着,我的魂灵就像一只美丽的蝴蝶轻轻地飞了起来,在蓝天下,我越过高墙,飘向山岗,颤颤抖抖地朝着我快活过的地方飞去……

红叶铺满小路

雨中的冬日,寒气交加,大北风"呜呜"地在蓬乱的芦苇滩上哀号;宽阔的河,裸露着河床,一股细小的水在中间汩汩流淌,如诉如泣,仿佛在诉说着一段哀怨的往事。落叶树还在掉叶子,纷纷扬扬地随风飞舞。今年冬至,我又一次在这样一个季节踏着铺满红叶的小路向父亲的坟走去。

"过了桥,是河滩,河滩上有芦苇,芦苇丛中有棵树,你爸爸就在那树下。"母亲以前常这样告诉我。

我没有见过父亲,父亲死的时候我还在娘的肚子里。只知道父亲死于匪军的手上,父亲身材伟岸,平生好打不平,后来因为走不出匪军的包围圈,只好藏在堂姑妈的家里。从那以后我们远离了亲情。

人事无常,因为父亲的死,姑妈似乎都有必要把事情的原委说清楚。

那个夜里,风,呼呼地刮……

堂姑妈说:"二胡子提着枪把我们的茅屋里三层外三层地围得水泄不通,那情形真是吓人呢!"

这时,"吱呀"一声,堂姑父把门打开了,顷刻间吓得两条干柴样的腿像是在抖谷糠似的筛个不停。

"我,我们家,哪,哪有啥人。"

"情报是很准确的,你废话少说,牛牪就在你屋子里!"

"哪,哪里的话……"堂姑父的牙齿开始打架了。

"你是铁了心要通共?"二胡瞪着眼睛,同时抖动着火把,"今晚不交出牛牪,就叫你全家见阎王去!"

要烧房子?堂姑父脑袋嗡地一下,他立马想起了屋子里不但有媳妇还有孩子。

"真的是不得已啊,"事后,堂姑父哭丧着脸在母亲的面前低着头像一个做错了事的孩子,"不交出哥,我们全家的命就保不住了,孩子还那么小……"

母亲默默无言,看也不看姑父一眼,由于悲痛,她的眼泪都流尽了。

于是,堂姑父掀开了窖盖,露着一副比哭还难看的脸:"哥,我们全家都要被灭了,你看是不是……"

那时,父亲听堂姑父这样一说,"噔"的一声跳了出来。

这一跳,只是在瞬间发生,可是从此,我却永远地失去了父爱。

后来,不知为什么,堂姑妈的一家悄悄地搬离了我们,从此杳无音信。母亲也很少甚至不愿意说起那件伤心的往事。

保护自己是人的本能,也许堂姑父没有错,那么错的是谁呢?

沧海桑田,许多年过去了,横亘在我们两家之间的鸿沟还是如此的难以逾越,只是我常常这样想:要是我们的亲情还在,能够一起去给父亲扫墓该有多好!

光屁股

已经是冬天了,北风呼呼地刮,路的两旁衰草萋萋,蔫头耷脑地一扫往日的葱茏。

我就是在这样一个季节走在回家的路上,身穿打着厚厚补丁的棉衣,小小的肩上背着母亲为我缝制的帆布小包,里面装着书、本子和笔,还有盛菜用的两个瓶罐,每走一步小包就晃动一下,里面的瓶罐子就"当当"作响。

回家的心情总是很急切,因为刚上中学住宿在校,六天没见母亲了,很是想念。

风,还在刮,山头田角上的树木小草摇摆不定,似乎很是痛苦,好像一眨眼的工夫就要倒下了。

突然,路的前方有一个身影进入了我的眼帘。他是跑着过来的,在瑟瑟的寒风中缩头缩脑地跑着过来。待近了,我才惊愕地发现,此人竟然没穿衣服。天啊!你受得了吗?我在心里暗暗地为他担心。

此人三十来岁,身上白白净净的,乌黑的大盖头在一抖一抖地左右晃动。由于没有内裤,两只手就牢牢地捂住下身的羞处。就这样快速地从我身边过去了。看着他白皙的皮肤和整齐的头发,我猜测他不会是疯子吧。可是,为什么会这样呢?当我回头看的时候,他已经跑远了,光光的身子,白白的屁股,在这萧萧的寒风中成了一道特殊的风景。

回到家,看到了卧床的母亲,母亲比以前更瘦了。她告诉我刚才村里吵吵闹闹的,听说抓住了一个什么骗子。

原来,大盖头正是几年前骗过村民们的工钱的包工头,今天正巧遇上了,真是仇人相见分外眼红,大伙儿为了解气,竟把他扒了个精光!

人间万象,千奇百怪,但那白白的屁股总是在我的记忆深处无法遗忘,因为它深深地警示着一个道理……

老爸和那条路

在很长的日子里,老爸喜欢独自在回村的路上来回走动,静静地迎朝霞,默默地看夕阳,傍晚的余晖把他的身影渲染得如梦如幻。

不知不觉,老爸已经踏进了老年的门槛,一米六八的个儿,一笑起来脸上就皱成一对双括号。老爸有时很和善,有时又很倔强,他不顾老妈的反对,依然美滋滋地做着中国行政中最小的官,但有谁相信,在物欲横流的今天,老爸一年的工资只有三百五十元呢?

我们冲丘村位于笔架山西侧,素有才子之村的美称。然而,才子能人都跳龙门到外地去了,落下的都是些老弱病残。冲丘村环境脏乱,且没有一条好路,天晴一把刀,下雨一团糟,就是最好的写照。

一天,老爸突然在村组会上宣布:我想给大家做点事情……

世界上往往有很多事情说起来容易做起来很难,尽管老爸平时忙起来可以脚打后脑勺,但现实就是那样无情。一次,老爸打听到县里有一个"一事一议"的拨款项目,可僧多粥少,财政局的"大肚子"说:我们凭什么给你呀?

老爸好话说了几箩筐,后来"大肚子"说:我们研究研究。

管它,先集资吧。

可村民都不乐意呀,他们说:天天嚷嚷要我们出钱,你这哪是感恩呢,要命哦!

冲丘人就是这样,坐井观天,一提到钱就说要命。每当这时,老爸的"双括号"不得不再次绽放,老爸说几千元也就是几十担谷子的事儿,何况是为自己做事,等把水泥路修好了,漂亮的姑娘都要争着往这里嫁呢!说完,老爸嘴皮一咧,自个儿先打起了"哈哈"。

你说得轻巧!细杆儿是个老男人,四十多岁了,媳妇都不知道在哪儿,只见他吊着一副不情愿的脸,还把口袋捂得严严的,乜来一种不满的目光。

事在人为,老爸冲破重重阻力,冲丘村的第一期工程开工了。这天是个好日子,天气晴朗,笔架山上的迷雾都散尽了,三叔燃上了一挂"遍地红",喜庆的声音就在冲丘村的大弄小巷里乱窜。微风送爽,老爸带领村民在五月的阳光下挥舞着铁锹锄头。路,拟修四米宽,从国道那儿接壤过来,直达村里。

　　修着修着,三叔却不干了。三叔说:这样一修,破坏了村里的风水,死人惹祸了怎么办?

　　话一出口,老爸就看清了三叔的"小九九"。果然,三叔就把他的想法一字一顿地说了出来:只有把路先绕到我家门口,再转到村里,风水才稳。

　　老爸听了,直把头摇得晃晃的,老爸气愤地说:哪有直路不走走弯路的道理呢!

　　三叔跟老爸较上了劲,三叔的狠是出了名的。有一次,他家的瘦牛牯拉犁拉不动,四腿一屈就赖在地里不起来,三叔驱赶几下不听使唤,三叔就回家去拿了一把锤子,不想,一榔头下去,把牛砸得皮开肉绽。

　　这时,老妈为老爸捏着一把汗。三叔把锄头一扔,说:这活没法干了!

　　老爸不再绽"双括号"了,他直视三叔:不干就扣你的工资!

　　三叔说:你敢!

　　老爸说:不敢?还要罚你的款!割你家的稻子!

　　三叔青筋暴露,手一扬,在老爸的脸上留下了五根红红的指印。

　　老爸是被人扶着回去的。几十年来,老爸第一次挨别人的打,老爸在席子上躺了一会儿,脑袋里"嗡嗡"地响个不停,老妈气不过,责备的声音灌进了他的耳膜:劝你不要当组长,偏不听,还想立功,这下吃亏了!

老爸勉强地坐起，对老妈说：你去告诉三麻子，叫他就等着进班房吧！

这一招可把三叔吓坏了。夜里电视里的《金牌调解》还未播完，三叔就轻轻地推开了我们家的门，白天里的嚣张气焰荡然无存。只见三叔怀里揣着一袋鸡蛋，右手拿着一瓶家传秘方的"打药水"，三叔一边不迭地给老爸赔不是，一边小心翼翼地给老爸擦伤。

老爸说：哎哟，我脑袋里像有虫子在钻……

老妈说：没准打坏了脑子……

三叔吓得脸色就青紫起来，突然左右开弓地扇起了自己的嘴巴子。

老爸悄悄地朝老妈使了一下眼色，转而神情疑重地对三叔说：谁都不容易，你请回吧，只要你以后不存私心，好好修路……

老爸的宽容，收拢了三叔的心。

当路基延伸到村东大槐树下的时候，前边一排七倒八斜、臭气烘烘的老厕所像座大山一样挡住了去路。细杆儿等六个人在青天白日里一字排开，伸手向老爸要钱。

老爸说：阿弥陀佛，不是说好田垅屋角都是做贡献的吗？现在修路的资金都吃紧，哪还有剩钱给你们补助呢？

老妈说：修路都是为了大家好，你们要钱就去扒他的皮吧！

这时，三叔第一个走出来圆场：人人都要走路，我看这事就算了。

可细杆儿不肯。

老爸突然把袖子一捋，气上丹田，说：违章建筑哪里还有钱补！管他三七二十一，上！

一声令下，三叔带领劳工就三下五除二地把像疮痂似的老厕所扒了。

细杆儿不服气啊,他说:组长,组长,我看是保长!他凭什么扒了我们的茅坑不补钱呢?于是,串通了几个人来到我们的家门前。老爸以为他们又要来认理,不料,细杆儿二话不说,解开裤头,撅起屁股要拉便便!

老爸劝不开,更打不得,束手无策。老妈跳脚就骂,老妈怪老爸不好,尽给家里添麻烦,修路,把自家儿的门口修成了茅坑。

突然,"汪"的一声狗叫。

三叔来了,三叔抖了抖手中的拴狗绳,厉声道:欺负人是不是?我就不信它不能把你下面的那个东西咬下来!

三叔有如镇山之虎,把细杆儿一行人吓得灰溜溜地走了。

这时,老妈却哭了起来。面对老妈的委屈,老爸的心里就像打翻了五味瓶,修路的责任一如一块磐石压在老爸的心头喘不过气来。三叔拍了拍老爸的肩膀,似乎在替老爸承担一份重量,三叔说:好事多磨,都会过去的。

为了节省修路的开支,老爸跟乡亲们在河滩上刨开了一大块土皮,靠铲、砸、挖等程序择出了一堆又一堆的小石子,再通过肩挑手推运到路基上去摊平、压实。

不久,工程队就轰轰烈烈地开进了冲丘村。这时,大人笑小孩跳,把冲丘村乐成了一锅爆米花。

浇混凝土是技术活,施工的师傅把灌浆、抹浆、打磨、拉齿、切割等工序做得一丝不苟。三叔成天守在搅拌机旁监督混凝土的配比情况,细杆儿就忙着给路面洒水,老爸负责管理全面。我们家成了大食堂,大锅煮菜大甑蒸饭,老妈把饭菜做得非常可口,师傅们吃饱喝足了,干劲特大。

机器在冲丘村整整轰鸣了半个多月,工程在一个日上中天的时分结束了。人们倾巢而出,笑啊跳啊,把修路过程中的不快和劳累忘得干干净净。

而老爸如厕的次数却多了起来,老爸病了。老妈说:进医院吧!

医生告诉老妈,老爸患的是一种湿热型急性痢疾,可能是由中暑所致。

老爸说不要紧。

老妈就把眼睛横向老爸:都屙痢了,还不要紧!

那天,村里有好多人来看望老爸,或送瓜果或送鸡蛋,都说老爸辛苦了!

只有细杆儿不认同,他在背地里说:我就不信当官的不吃冤枉,这不,果真吃了屙痢!

细杆儿说这话的时候,冲丘村的上空积聚了一大片狗屎云,空气闷得使人喘不过气来。老妈因要取钱去给老爸付医药费,当从营业员的手里接过存折,看到骤减的存款数目时,老妈"啊"的一声尖叫,在第一时间里扑向了老爸。

老爸在老妈的面前低下了头,像一个做错了事的孩子。

说什么好呢?去打、去骂?泪水从老妈干瘪的眼窝里流了出来。

后来,老爸一手把我搂进怀里,说:孩子,原谅爸爸把给你准备用来做手术的钱都垫付在了修马路的开支上。不过医生说了,离你做手术还有两年,到那时,我想一定会有办法的!

不做手术,我能走吗?我不知道,我只知道我是一名患有腿疾的弃儿,老爸在五十岁的那年把我捡回了家。

出院后,老爸似乎老了许多,虾公样的背驼起来。但我坚信老爸的力量依然是那么强大,因为,他驮起了我们的家,甚至整个村庄。